少年陰陽師

しょうねん　おんみょうじ

少年陰陽師 貳拾肆

寂靜之瞬

剎那の静寂に横たわれ

重要人物介紹

藤原彰子

左大臣藤原道長家的大千金，擁有強大靈力。基於某些因素，半永久性地寄住在安倍家。

小怪

昌浩的最好搭檔，長相可愛，嘴巴卻很毒，態度也很高傲，面臨危機時便會展露出神將本色。

安倍昌浩

十四歲的菜鳥陰陽師，父親是安倍吉昌，母親是露樹，最討厭的話是「那個晴明的孫子」。

六合

十二神將之一的木將，個性沉默寡言。

紅蓮

十二神將的火將騰蛇，化身成小怪跟著昌浩。

爺爺(安倍晴明)

大陰陽師。會用離魂術回到二十多歲的模樣。

朱雀

十二神將之一的火將，使的是柔和的火焰。與天一是戀人。

天一

十二神將之一的土將，是絕世美女，朱雀暱稱她「天貴」。

勾陣

十二神將之一的土將，通天力量僅次於紅蓮，也是個兇將。

太陰

十二神將之一的風將，擅使龍捲風，個性和嘴巴都很好強。

玄武

十二神將之一的水將，個性沉著、冷靜，聲音高亢，外型像小孩子。

青龍

十二神將之一的木將，從很久以前就敵視紅蓮。他有另一個名字「宵藍」。

天后
十二神將之一的水將，個性溫柔，但有潔癖，厭惡不正當的行為。

白虎
十二神將之一的風將，外表精悍。很會教訓人，太陰最怕他。

風音
道反大神的愛女。以前她曾想殺了晴明，現在則竭盡全力幫助昌浩。

益荒
隨侍在齋身旁的神秘年輕人。

齋
一心等待著公主到來的物忌童女。

安倍昌親
昌浩的二哥，是陰陽寮的天文生。

從沒想過，會有這麼一天——

待在某個人身旁，竟然比什麼都痛苦。

1

雨聲好吵。

不絕於耳的聲響，簡直是在折磨人。

眼睛緩緩張開。

還要很久才天亮，視野一片漆黑。

昌浩恍惚地盯著黑暗，沒有特定看著哪裡。

除了敲打著耳朵的雨聲外，還有個低沉、凌厲的聲音，不停地在腦中回響。

——可別沉淪了。

那個「非人類」所拿的刀將雨彈開，看起來像蒙上了一層霧氣。

抵在自己脖子上的刀尖，應該可以輕易奪走自己的性命。

「……」

昌浩輕輕地閉上眼睛。

耳邊的雨聲會擾亂思緒。

他甩甩頭，試著拋開浮現在眼前的畫面。
雨聲會喚醒某天的光景。
那光景讓他看到不想看到的東西，一次又一次。
只要雨聲持續不斷，就怎麼樣也拋不開。
伴隨雨聲而來的，是刀刃刺進胸膛的聲音。
——再也不可能爬出來了。
「……」
昌浩蜷起身子，抱住頭。
雨聲好吵，窮追不捨，撼動著內心深處的某種東西。
心跳聲聽起來分外響亮，好像在耳邊大吼。
自責的聲音，一次又一次在耳邊響起。
我保護不了她。
我保護不了彰子——

因為……

伸出去的手，抓不到她。

雨聲好吵。

小怪在屋頂上盯著黑夜。

任憑雨打在身上的它，全身濕透了，雨水從長長的耳朵滴落下來。

帶著嚴厲神色的夕陽色眼眸之中，燃燒著憤怒的火焰。

穿著黑色衣服、在雨中出現的冥府官吏，不但將同袍們的神氣完全奪走，還將刀尖抵在昌浩的脖子上。

在場的晴明和自己只能眼睜睜地看著，什麼也不能做。

冥官將神劍抵在昌浩的喉嚨時，還釋放出強烈的靈力威嚇晴明與紅蓮，封鎖了他們的反擊。

晴明和神將們都很熟悉冥官，但完全摸不清他的性情，因為他是服侍冥王的魔鬼。

這個魔鬼對昌浩說了一句話——

不要沉淪為魔鬼。

他所說的「魔鬼」是什麼，晴明和紅蓮很快就明白了。

當紅蓮在昌浩身上感覺到的某種危機逐漸壯大時，會發生什麼事呢？

「……」

小怪做個深呼吸，極力保持平靜，壓抑愈來愈激動的情緒。

是昌浩的危機，讓他變得如此心浮氣躁。人類的心十分強韌，遠超過人類本身的想像，會對周遭的人產生極大的影響。而十二神將是人類想像的具體呈現，更可能在無意識中被同化，必須有意識地去避免，才能保持冷靜。

冥官的一席話，等於是替快爆炸的昌浩放了氣，就這點來看，應該感謝他才對。

然而……

夕陽色眼眸深處卻燃燒著熊熊火焰。

對他的感謝與對他的憤怒，是兩回事。所有神將與冥官之間，都有隔閡，連除非扭轉乾坤，否則絕不可能意見相同的紅蓮與青龍，也在這件事上達成了共識。

本來就不討人喜歡的冥官，現在更討人厭了。

小怪直瞪著遙遠的東方。

伊勢位於黑暗與霪雨的遙遠前方，坐落在那裡的是代表最高權威的神宮。

「高天原到底在幹什麼……」

小怪喃喃嘀咕著。

有違神威的雨，遮蔽了太陽的身影，也遮蔽了月亮的光芒。

居住在高天原的神明應該也知道事情的嚴重性。非天照大御神本意的雨，潛藏著連貴船祭神都無法應付的某種影響。

吸滿水分的白毛變得十分沉重。

小怪甩甩長長的尾巴，嘮叨地低喃著：

「到底是怎麼回事……？」

那分焦躁，誰都看得出來。

雨聲好吵。

小怪不耐煩地甩甩頭，忽然眨了眨眼睛。

「……？」

它四下張望。

無論再怎麼專注凝視，都看不到下著雨的黑暗中，有其他的東西在移動。

小怪瞇起眼睛，抖動耳朵。

「誰在看著這裡……？」

嘩啦，嘩啦。

嘩啦，嘩啦。

＊　＊　＊

波浪的聲音繚繞著。

篝火①的火焰幢幢搖曳，長長的影子也隨著火焰的躍動而飄搖不定。

兩座篝火之間，設有木柵欄做為結界。

年輕人瞥一眼火焰與結界前的人影，再拉回視線，看著坐在自己身旁的女孩側臉。

儘管有熱烘烘的火光照耀，那張臉還是毫無血色，緊緊抿成一條線的嘴唇，看起來沒那麼容易開啟。

女孩閉著眼睛，動也不動。年輕人輕聲叫喚她：

「齋小姐……」

呢喃般的聲音，微微觸動了女孩的眼皮。

「已經過半夜了，還是回房去吧？」

齋還是閉著眼睛，輕輕地搖搖頭。

「不……公主休息之前，我必須待在這裡。」

女孩說完，才張開了眼睛。

「益荒……」

聽到微弱的低語，益荒趕緊湊過耳朵，勉勉強強才聽到把嗓門壓到最低的說話聲。

「京城的處境很危險，必須趕快取得棋子。」

女孩說著，眼神變得嚴厲。

「白色異形好像發現我在盯著他們了，那是……」

那是陰陽師手下的式神的化身。

「說不定派得上用場，就看怎麼用。」

益荒面露難色，但是他沒有再談這件事，改變話題說：

「聽說皇上的女兒就快往這裡來了，我會在她進伊勢前採取行動。」

「動作要快，必須捷足先登。」

這時候，吹起了風。

篝火強烈搖晃著。

同時，從地底下傳來低沉的鳴叫聲。

齋注視著篝火前方。

那個端坐著的背影文風不動。

「公主……」

齋正準備站起來，被益荒制止了。

「不可以，在公主結束祈禱前，沒有人能跨越結界。」

齋縮回伸出去的手，咬住下唇。

「知道了……」

她望著結界前的背影，眼神中壓抑著種種情感。

那背影端坐在篝火勉強可以照射到的地方，一頭長髮在不時吹來的海風中飄揚。沒有紮起來而披散的頭髮烏黑光滑，反射著篝火。

齋嘆口氣，抬起視線。

火焰一搖晃，影子就跟著躍動。只把岩石削過的高高天花板表面凹凹凸凸，將跳躍的影子映得歪歪斜斜，風聲與浪聲在裡面迴旋，形成獨特的聲響。

齋望著天花板好一會之後，迸出了一句話：

「今晚的祈禱特別久。」

隨侍在側的益荒謹慎地說：

「可能是因為接到通報說地龍開始在京城暴動，所以她想阻止吧！」

「根本阻止不了。」

女孩淡淡地回應。益荒板起臉說：

「齋小姐，最好不要說這種話……」

益荒比齋高很多，但是單腳跪下的他，視線幾乎跟齋等高。

女孩直直看著益荒的眼神十分犀利。

「我只是實話實說，難道你要我說謊嗎？益荒。」

眼眸綻放著強烈光芒的她，一點都不像個年紀還小的孩子。

益荒搖搖頭說：

「我沒那個意思。」

「明知再怎麼祈禱也沒有意義，公主還要那樣祈禱多久呢？」
言語之間透露著煩躁。
益荒正要開口時，響起了腳步聲。
兩人閉上嘴，往後看。
火把的亮光映入眼簾，火焰照出了三張臉。
「是度會……」
齋的低語，被淹沒在風聲與浪聲中。
走向齋的那三個人看都沒看齋一眼，把視線投向端坐在結界前的背影。
「今晚的祈禱未免太久了，難道御柱這麼危險了？」
這麼沉重低語的是個老人。
「沒時間了，要趕快把當今皇上的女兒帶來。」
老人身旁的壯年男人插嘴說：
「可是，度會大人，伊勢的齋宮寮也說已取得將內親王帶來的神詔，伊勢的神官們已經安排好去迎接她了。等她進入伊勢，我們就不能出手了。」
「那我們就在她進入伊勢前，先去迎接她，立刻傳令下去。」

接到度會禎壬指示的男人嚴肅地一鞠躬說：

「遵命，我會在幾天內，把當今皇上的女兒帶來海津見宮這裡。」

「她是非常重要的人，千萬不能傷到她。」

只有在這時候，度會禎壬瞥了齋一眼，視線十分冰冷，不帶半點感情。

女孩的臉上浮現敵意，當老人與女孩的視線交會時，迸出了火花。

老人沒好氣地說：

「有人隨時都可能出來攪局，我們一定要把當今皇上的女兒搶到手。」

益荒站起來，介入禎壬與齋之間。

「皇上的女兒什麼時候出發？」

被高大的益荒由上往下看，禎壬顯得有點膽怯，但那只是一瞬間，很快就露出目中無人的表情回答：

「還不知道正確日期，當今皇上還很猶豫。再怎麼說，皇上也是人，也是人家的父親。」

齋的肩膀顫動了一下。她垂下視線，緊緊握起了雙拳。

「但是他既然身為皇上，就有義務以國事為優先。」

益荒平靜地說，老人也表示贊同。

「沒錯，我們也一樣。」禎壬望著篝火前方，瞇起眼睛嚴厲地說：「我們的玉依公主也一樣。」

端坐的身影文風不動，所有人都注視著她的背影。

拿著火把的另一個年輕人，瞄了一眼被擋在益荒背後的女孩。

藏在陰影處的年幼臉龐，完全沒有小孩子的稚嫩。

年輕男人不由得浮躁起來。

這孩子是罪孽的化身。誰都知道這件事，為什麼就是沒有人對她下手呢？

大家明明都認為，這次的不祥事件、災禍都是因這孩子而起。

根本就不該讓她活著，為什麼他們的神卻讓她活下來了？

女孩可能是感覺到敵意，轉過頭來。

挑釁般的強烈眼神貫穿了年輕男人。

「你是？」

高八度的聲音帶著犀利，逼得對方不得不回答。

「度會潮彌……」

益荒的雙眸閃過厲光。

「原來你就是潮彌……」

雖然只是瞬間，但閃過的厲光十分強烈。

潮彌清楚看見，益荒眼中有明顯的敵意。

為什麼呢？潮彌感到訝異，因為自己跟這個人沒有任何瓜葛，只有從遠處看過他幾次，兩人還是第一次交談。

難道是他聽過自己的事？可是，自己是最近才進神宮擔任神官，並不是什麼大人物。

益荒的雙眸已經看不到敵意，但取而代之的是毫無感情的冷漠視線。

潮彌忍不住開口問：

「你有什麼話要對我說嗎？」

益荒瞇起眼睛，才要開口，就被尖銳的聲音打斷了。

「你們會妨礙公主祈禱，如果沒什麼重要的事，請離開。」

潮彌不悅地瞪著益荒背後的女孩。

「妳、妳說什麼……！」

禎壬制止語氣激動的潮彌說：

「忍著點，妨礙玉依公主祈禱的話，會冒犯神明。」

「是……對不起。」

強壓抑自己退下的潮彌，對齋的厭惡感更加強烈了。

齋的存在就是一種錯誤，他無法理解為什麼自己要為這種人遭到苛責。

禎壬揮手指示部下們離開。

「妳也一樣，毫無能力的『物忌』②，留在公主身旁也沒有用。」

聽到這麼露骨的羞辱，齋還是面不改色，毅然地轉移視線，望向結界。

端坐在那裡的玉依公主，似乎完全沒有注意到齋他們的存在。

益荒看著度會一行人走上石階，握起了拳頭。

看益荒這麼激動，齋淡淡地說：

「很少看到你這麼生氣呢！」

「我沒生氣，只是……」

齋打斷益荒的反駁，眨眨眼說：

「篝火是被你的怒氣煽動，才會捲起漩渦吧？」

火勢更旺了，怎麼看都不像是被風吹動的。

益荒單腳跪下說：

「什麼事都瞞不過齋小姐。」

「現在不管聽到什麼話，我的心都不會產生動搖了。」

女孩淡然地說，在結界前跪了下來。

玉依公主還是文風不動，女孩注視著她的背影，打算跪到她祈禱結束。

益荒看著齋的背影，露出心疼的表情，但那神情一閃即逝。

齋直直望著前方，嚴肅地說：

「絕對不可以讓皇上的女兒落入禎壬他們手中。」

女孩的雙手緊握在膝上。

「一定要把她帶來我這裡。」

益荒靜靜地一鞠躬。

從石階往上走的度會一行人，來到了祭壇大廳。

要前往地下的祭殿，必須從海津見宮最裡面的祭壇大廳下去。

祭壇面對掛著注連繩③的岩洞。
平常門戶緊閉的岩洞，現在敞開著，有石階在黑暗中延伸到底下。
只有被允許的人，才能進入岩洞深處。
那裡是祭殿大廳，原本只有玉依公主才能進入。
海津見宮位於島上正中央，而祭殿大廳又位於海津見宮的最深處。連身為神官的度會氏族，也只有少數人知道祭殿大廳的存在。
度會氏族大部分的人，都深信這座岩洞本身就是神體。
三人走出來後，岩洞就發出微弱的震動聲響，自動關閉，隱藏了通往地下的石階。
看到岩洞完全關閉，禎壬才繼續往前走，另外兩人也跟著他這麼做。
走過大祭壇，鑽過薄絹時，一行人停下了腳步。
三人將火把伸入預先準備好的水桶裡，火瞬間熄滅，嗞嗞作響，冒出白煙。
燈台的火焰裊裊搖曳，朦朧的火光照出了祭壇大廳的模樣。
年輕人蒙上濃濃陰影的臉龐帶著憤怒。
「可惡……那個死丫頭太狂妄了！」
禎壬冷冷地看著氣急敗壞地咒罵的潮彌。

「跟那種人生氣，根本沒有意義，潮彌。」
「可是，禎壬大人……」
開口的是將近三十歲的壯年男子。
「什麼事？重則。」
在禎壬的催促下，重則接著說：
「那丫頭是空有物忌之名，卻沒有祭司資格的禁忌之女。讓她繼續留在這座神宮，會成為禍患。」
重則臉上沒什麼肉，看起來很像猛禽。才剛滿二十歲的潮彌正好跟重則成對比，相貌看起來柔和多了。
這兩人都是禎壬的外甥。
禎壬在海津見宮擔任最高神官，這兩位則是他妹妹的孩子。
「現在還來得及，應該從度會氏族中選出物忌，把齋趕出去。」
禎壬看著愈說愈激動的重則，冷冷地問：
「把她趕出去，然後呢？」
重則的眼中暗光閃爍。

「可以把她還給神。」

聽著兩人對話的潮彌，肩膀微微顫抖起來。再怎麼說，齋都是位居「物忌」的女孩，他萬萬沒想到重則會有這樣的想法。

但是仔細思考後，他也覺得這或許是最正確的做法。

由於那女孩的存在，導致所有的事都脫離了常軌。必須讓事物恢復該有的原貌，導正秩序，始終下個不停的雨才會停止。

禎壬是度會氏族的長老，應該非常清楚這件事。

潮彌才剛當上神官，沒有什麼發言權。然而重則說的話，幾乎可以代表所有住在海津島上的度會氏族的想法，起碼潮彌認識的人，都把那女孩視為禁忌。

潮彌屏氣凝神，等著看事情發展。

禎壬會怎麼答覆呢？

重則盯著老人的眼神十分犀利，老人卻絲毫不為所動，面不改色地露出扭曲的笑容說：「能還的話，早還了。」

禎壬的回覆完全出乎意料之外，重則與潮彌都瞠目結舌。

老人帶著黯淡的笑容，冷冷地撂下話說：

「會把她留在神宮，當個徒有虛名的物忌，有不得不這麼做的理由，而且是讓人非常不能接受的理由，但是，你們休想從我這裡問出來。」

黯淡的笑容消失了，取而代之的是不符年紀的激動情感，湧現在他的雙眸之中。

「要是無論如何都想知道的話，就去問神吧！不過，要你們的力量可以傳達到神明那裡，才能得到答案。」滿臉懊喪的禎壬喃喃嘀咕著：「神連我問的問題都不回答了。」

這下子，重則與潮彌連話都說不出來了。

因為這意味著連度會氏族的長老都聽不到神的聲音。

禎壬回頭看著岩洞，口中唸唸有詞地說：

「我的聲音無法傳達，物忌也派不上用場，我們現在唯一的辦法，就是仰賴玉依公主了。」

兩人也隨老人回頭看著岩洞，僅存的一點神力，已經將岩洞封閉。

「齋本身就是罪孽，把她留在我們身邊，是神的旨意。」

老人說完就離開了祭壇大廳，重則與潮彌也邊回頭看著岩洞，邊跟著老人離開了那裡。

小怪的陰陽講座

①篝火是將木柴放入盆內或籠中（多為金屬製）所焚燒的火，在古代當作室外照明用。

②物忌是指在伊勢神宮、鹿島、香取、加茂、平野、松尾、春日、平岡等大神社，參與祭神工作的童男、童女。

③日本人過新年時，會將一種稻草編成的繩子掛在門口用來辟邪，稱為「注連繩」，或是將注連繩掛在祭神的神聖場所，用來跟其他地方做區分。

2

現身在晴明房間外廊上的神將太陰神情落寞地坐下來，抱著膝蓋。

下個不停的雨讓人心情煩躁。

「整個京城是不可能啦，但起碼可以把這棟房子上面的雲吹走吧！」

太陰半認真地這麼嘟囔時，個子嬌小的同袍在她身旁現身。

「怎麼了？太陰，難得看到妳這麼嚴肅地在思考呢！」

「我在想，太陽也差不多該露臉了，要不要乾脆在雲層挖個洞。」

玄武看著指向厚厚雲層的太陰，深思地說：

「那可是降下違反天意之雨的雲層，我建議妳最好先請示過晴明。」

太陰板起臉，沉默下來，因為玄武說得沒錯。

皺著眉頭好一會後，太陰嘟著嘴改變話題說：

「賀茂川的河堤怎麼樣了？」

因為一直下雨的關係，賀茂川前幾天潰堤了，還好，在潰決的地方做了緊急處理，把

損害減少到了最低程度。只是要等雨停後，才能正式進行修復工程，現在很難做得到。

水勢不但不見減弱，還一天天增強。

聽說水位比四天前昌浩去視察時，還要高出許多。

玄武露出不符年幼長相的嚴肅表情，環抱著雙臂說：

「現在勉強撐住了，但是狀態還是相當危急。」

「晴明不是派你去佈設了結界嗎？」

「是啊！可是水勢實在太強了。」

「那麼，你……」

太陰還沒說完，玄武就仰望著天空說：

「沒錯，我不能跟你們去伊勢。」

他必須每天強化結界，保護京城。

太陰深深嘆了口氣。

儘管早已料到會是這種結果，心頭還是不由得沉重起來。

「情況這麼嚴重，彰子和晴明恐怕還是得去伊勢一趟。」

太陰低著頭喃喃說著，玄武默默看著她。

「我是無所謂啦！不管晴明去哪裡，我都會跟著去。再怎麼說都是聖旨，而且，保護晴明也是我的使命。」

她微微抬高視線，瞥了一眼斜前方的房子，那裡是昌浩的房間。

「彰子小姐前往伊勢，也是皇上的旨意，誰也不能違抗。」

可是，很多事會因此崩潰瓦解，儘管知道這是沒辦法的事，還是難以撫平抑鬱的心情。

今天比較早從陰陽寮回來的昌浩，一直窩在房間裡沒出來。

跟彰子一起出來迎接昌浩的太陰，彷彿看到橫越在他們之間的鴻溝，替他們感到焦躁不已。

玄武瞥一眼隔壁房間說：

「彰子小姐呢？」

「小姐也躲在房間裡，不停地縫衣服。」

自從三天前知道要去伊勢後，彰子一有時間就縫製新衣。

她做的是昌浩的新衣，希望自己不在的期間，昌浩有衣服可以穿。

臉上那副後悔沒有更早開始做的落寞微笑，讓人心疼地不知道該說些什麼才好，看得啞然失言。

忽然，太陰的肩膀顫抖起來。

藍紫色的眼睛波動搖曳著。

在出雲時的光景，閃過她的腦海。

除了昌浩和彰子之外，還有另一個人在場。

當時，昌浩全身被天狐之火纏繞，彰子挺身向前，擋住了直撲昌浩而來的刀刃。

太陰全都看見了。

緊握雙拳的太陰平靜地開口說：

「昌浩和彰子小姐都沒有錯。」

玄武眨了眨眼睛，他聽出太陰平靜的語調裡，波動著壓抑不住的情感。

「為了保護彰子小姐，昌浩幾乎是奮不顧身地用盡全力迎戰，甚至觸發了身上的天狐之血。」

傾盆大雨中，時而雷聲轟隆作響，時而雷光閃過。

在黑暗中看不清楚的彰子，是因為雷光，才看到直撲而來的白刃。

「彰子用自己的身體去保護動彈不得的昌浩……而我……」

當時的雨聲與現在的雨聲交錯重疊。

「我……我就在現場，卻什麼也不能做……」

我在現場。

我就在現場啊！

當時，安倍晴明手下的十二神將，只有太陰在場，既不是經常陪在昌浩身旁的騰蛇，也不是經常陪在彰子身旁的天一或玄武。

但是，晴明與同袍們都知道，她拚了命死守、奮戰，已經筋疲力盡，所以都沒有責怪她。

儘管如此，太陰當時無法行動仍是不爭的事實。

與晴明從道反聖域回來後，太陰就把自己關在異界裡，直到最近才下來人界。

彰子見到太陰，還是像以前一樣對待她。

太陰把額頭靠在膝蓋上，肩膀不停地顫動著。看她這樣，不知道該說什麼的玄武看似面無表情，內心卻十分激動。

他很想說他能理解太陰的心情，可是，當時自己並不在場，說了也不會有太大的安慰作用。

他正不知道該怎麼辦時，發覺背後的木門被拉開，他稍稍轉頭往後看。

「你們兩個怎麼了？」

「晴明。」

見到晴明，玄武鬆了一口氣。

滿臉疑惑的晴明，看到從玄武眼神中不斷傳來的訊息，又見到在玄武身旁抱著膝蓋、縮成一團的太陰，就猜到是怎麼回事了。

晴明走到太陰身旁，蹲了下來，他光著腳踩在飽含濕氣的外廊上，感覺有點冰涼。

「太陰……」

被叫到名字的太陰沒有抬頭，只是含糊不清地回應：

「幹嘛？晴明。」

老人摸著她的頭，平靜地說：

「出發日期決定了。」

太陰這才抬起頭，鄭重其事地看著晴明。

「後天出發，所以今天和明天要收拾好行李。」

老人往斜前方的昌浩房間望去。

昌浩應該回來了，但還沒見到他人。等一下也得告訴他，出發日期已經決定了。

希望隔開一段距離，能夠填補昌浩與彰子之間的鴻溝。只是，彼此為對方設想的心愈是強烈，錯開時的修復，就愈耗費時間。

太陰目不轉睛地看著晴明。他察覺到這股視線，疑惑地眨了眨眼睛。

「可以請教一件事嗎？」

「什麼事？」

滿臉皺紋的老人，眼神沉穩、溫和，但神將們都清楚記得，那雙眼睛也曾流露著後悔與自責。

欲言又止的太陰，視線在半空中游移。看著這樣的她，晴明就知道她想問什麼了。幹嘛顧忌這麼多呢？晴明這麼想，瞇起了眼睛。陷入死胡同時，求助於有過經驗的人，是非常正確的事。

太陰看著晴明好一會，終於下定了決心，開口說：

「當人類覺得很痛苦、很難過時，要怎麼克服？」

晴明「嗯」一聲點點頭，露出深思的神情。

太陰又接著說：

「你花了很長的時間去克服吧？晴明，但是你現在看起來很好，應該已經沒事了。不過，那是因為你是大人吧？」

晴明不由得苦笑起來，他知道太陰非常注意遣詞用字，說得很小心。

他將雙手手指輕輕交叉相握，嘆口氣說：

「問題不在於是大人或小孩，人不管年紀多大，受了傷都會痛。」

晴明和昌浩一樣，都沒能守住重要的人。

「人類都禁不起打擊，某些部分十分纖細，會因為很瑣碎的事受到傷害。但也有抗壓性極強的時候，是很極端的生物。」老人愉悅地笑笑，看一眼孫子的房間說：「人之所以會強大，是因為肯療癒創傷；當疼痛消失、傷口癒合，人就會變得比以前更堅強。這不就是受傷的意義嗎？」

太陰眨了眨眼睛。這種說法沒辦法套用在身為神將的她身上，但是，她想人類應該是這樣吧？

視線瞬間與晴明交會的玄武，默默地點了點頭。

「傷口癒合所需的時間，因人而異，有人要花很長的時間，有人不需要花太多時間，跟傷勢的輕重也有關係。我算是癒合得比較慢的人吧！在感覺疼痛的那段時間，我不敢看傷口，也害怕去碰觸傷口。」

玄武驚訝地抬起頭。

他萬萬沒想到，會從晴明嘴裡聽到「害怕」兩個字。

晴明從玄武的表情變化猜出他在想什麼，苦笑著說：

「我畢竟是人類，當然會害怕，也會覺得痛。」

習慣疼痛後，會變得不在乎，但並不代表傷口已經癒合了。

肉體的創傷只要癒合，疼痛就會消失。但心靈的創傷不一樣，如果丟著不管，不但不會消失，也不會癒合。

晴明反問滿臉疑惑的太陰：

「譬如說，太陰，妳為什麼怕紅蓮呢？」

太陰縮起身子，張大眼睛，視線在半空中徘徊，拚命思索著。

「我……我只能說……就是害怕啊……」孩童外貌的神將扭曲著臉說：「我也知道這樣不行，可是……還是害怕。」

「都一樣，太陰，那就是妳的心靈創傷。」

晴明摸摸她的頭安慰她，深深嘆了口氣。

「在無法坦然面對恐懼或疼痛時，怎麼樣都過不了那道關卡。」

太陰啞然無言地看著主人。

這時候，沉默旁觀的玄武也加入了對話。

「那麼，晴明……」

「嗯？」

雙臂環抱胸前、一臉嚴肅的玄武，淡淡地說：

「你的意思是，昌浩現在沒有坦然面對自己的恐懼和疼痛？」

三對視線同時望向了斜前方的建築物。

在雨聲中，晴明平靜地說：

「因為太痛了，所以沒辦法面對吧！」

「咦……」

太陰茫然不解地皺起了眉頭。

「什麼意思？」

晴明的眼神變得深沉。

「因為一心只想著不能被擊垮，恐怕連自己受了傷都沒察覺。」

如果沒有察覺自己受了傷，就不可能治療。

那麼，要是傷得不嚴重，就不會受太大的折磨嗎？不，絕對沒那種事。就算傷口再小，小到幾乎看不見，甚至只是一根微細的肉刺，疼痛程度都是一樣的。

即使看不見，再微小的創傷也會造成疼痛，逐漸擴大成煩人的苦惱。這樣的苦惱，會把自己逼到更走不出來的絕境。

如果是輕傷，或許會隨著時間逐漸癒合，但是，這次恐怕沒那麼簡單。

每個人都會遭遇創傷，在經歷多次創傷，一次又一次癒合、克服後，人就會成長。

然而，有時也會無法跨越，停留在原地拚命抗拒，最後迷失了方向，就像現在的昌浩。

雨聲漸漸。抑鬱的沉默，穿梭在雨的縫隙中。

神將們不了解人心有多脆弱，因為儘管他們與人類有類似的思想，但基本立場完全不同，所以思考方式也不一樣。

同樣有痛楚、恐懼，也有喜樂、悲哀，但還是跟人類不一樣。

說真的，不管他們多麼關心昌浩的創傷、多麼擔憂彰子的創傷，也無法理解創傷的程度。

「我們什麼忙都幫不上嗎？」

太陰虛弱地說。晴明緩緩地搖搖頭。

「沒那回事。」

「可是，我真的無法理解。」

「但你們還是很努力地去理解，沒有把自己的想法硬塞給他們，默默守護著他們現在的樣子，不是嗎？」

太陰和玄武都瞪大了眼睛，老人微微一笑說：

「人痛苦的時候，都希望有人陪伴、有人可以說說話。只要有地方可以傾訴，心情多少就會輕鬆一點。」

玄武開口問：

「你呢？晴明……」

「我？」

「若菜……還有笠齋，都聽你說過嗎？」

「我倒是沒跟他們說過呢……若菜只要待在我身邊就夠了，至於笠齋……」

經過五十多年了。

年輕時，如陽光般燦爛、不知為何充滿自信的那張臉，在老人晴明的腦海中歷歷浮現。

當晴明在深雪覆蓋的出雲山間草庵醒來時，天空翁跟他說了朋友的死訊。

他的心頓時凍結，有種身在夢中的感覺，極盡努力才接受了事實。但是，清醒後一切都已結束的事實，還是讓晴明的心彷彿破了個大洞。

今年春天，在道反聖域與智鋪宗主對峙，看著神將六合使出致命的一擊，晴明才終於在心中做了了斷。

「每個人的做法不同，我不擅長說自己的事，倒是笠齋，每次一有什麼事就非說給我聽不可。」

玄武他們也都還清楚記得，笠齋總是帶著酒和下酒菜來，神采奕奕地暢所欲言，然後一派輕鬆地回家。

太陰憂心忡忡地望著昌浩的房間說：

「要是昌浩那麼做，心情也會好一點嗎？」

晴明有些為難地說：

「他還不到說得出口的時候……在連說都說不出來時，去碰觸傷口，反而會逼得他

不得不強撐著，把傷口隱藏起來，所以這需要時間。」

太陰和玄武都盯著老人看。

「結果我們還是什麼都不能做嘛！」

「我就說沒那回事啊！」

「可是……」

太陰沒把話說完，晴明摸摸她的頭，瞇起眼睛說：

「在他可以說出來之前，只要默默陪在他身旁，等他可以說出來時，再聽他說就行了。」

現在能為昌浩做的事，就是不要去碰傷口、不要去揭瘡疤，等待時機到來。

玄武眨了眨眼睛，回頭看著昌浩的房間。

躲在房間不出來的昌浩，身旁總是有化身為異形模樣的騰蛇陪伴著。

從道反聖域回來後，騰蛇一直裝出沒事的樣子，什麼都不說，只是小心翼翼地守護著昌浩。

「原來騰蛇都知道了……」

聽到騰蛇的名字，太陰的肩頭抖動了一下。

晴明默默地點了點頭。
「因為騰蛇經歷過太多次的創傷，而且都熬過來了。」
然而，並不是所有創傷都會痊癒。有時，某些傷口才剛痊癒，就又增加了一些，心就是這樣逐漸變得堅強。
所以曾經受過傷的人，會比沒有被傷過的人更堅強。
究竟到什麼時候，昌浩才會發現，這才是自己所追求的強悍呢？
現在還不行，因為昌浩的心還跟不上步調。不能對他說什麼，否則很可能造成反效果。
現在的昌浩，正站在心會不會崩潰的歧路上。
玄武靜靜地對深深嘆息的晴明說：
「晴明，賀茂川還是很危險，我不能跟你去伊勢。」
晴明點點頭表示理解，神情黯然。
聽說前往伊勢的路線，跟「齋王群行」④一樣。齋王群行通常是走六天五夜，但這次的人數少很多，會盡量靠馬匹與轎子趕路，順利的話，說不定可以縮短一天的行程。
內親王的衣服與生活用品，預定在抵達伊勢後再籌備，所以只攜帶最少的隨身行李。

晴明和彰子也一樣。

「待在異界的宵藍他們情況怎麼樣？」

被晴明這麼一問，玄武與太陰面面相覷，不知如何回答。

在三天前的晚上，神氣完全被冥府官吏奪走的同袍們，現在連爬都爬不起來，更別說是振作起來了。

他們回去異界，再到天空翁平常待的地方，都是靠太陰的風移送。

太陰自己一個人回異界是輕而易舉的事，這還是第一次帶著五名同袍做次元移動，有點傷元氣。

「剛才去探望他們時，天一待在昏迷的朱雀身旁，白虎和天后也都還沒清醒。」

異界並沒有什麼可以休息的建築物，也沒有任何人工物品。

只有一望無際的荒野，石頭裸露的岩地散佈各處。

若將遼闊的異界與人界重疊來看，最靠近的安倍家的岩地，就是天空與太裳最常待的地方。

現在有五名同袍躺在那裡，天空、太裳和天一陪著他們。

「不知道要多久才能復元呢！」

玄武憂慮地說：

「神氣大量流失，恐怕……」

「老實說，能活下來都是奇蹟了。冥官那傢伙說死不了，還真的只差沒死而已。」

太陰惡狠狠地說，可以看出她有多憤怒。

神將的神氣相當於人類的精氣、靈氣，所以他們當然動彈不得。

「而且從來沒人有過陷入那種狀態的經驗，連天空翁都無奈地說，不知道要多久的時間才能復元。」

「這樣啊……」

晴明的臉蒙上陰霾。他和彰子去伊勢時，需要幾名神將同行，究竟該派誰去呢？安倍家也需要神將守護，隨時都可能有狀況發生，因此沒有戰力的神將不能列入名單內，人選實在太少了。

總不能把紅蓮從昌浩身旁帶開，又要靠三名土將加強安倍家的防守，玄武也有自己的任務。

以侍女身分留在寢宮的風音應該會與內親王脩子同行，那麼，六合也會前往伊勢，這點毫無問題。除此之外……

「晴明，我要跟你一起去，要不然我會擔心。」

晴明還沒開口，太陰就擅自下了這樣的結論。玄武冷靜地勸她說：

「妳老是這麼衝動，很容易失敗哦！這是妳的老毛病。」

太陰板起臉，瞪著玄武。晴明忽然像想起了什麼，問：

「宵藍和勾陣怎麼樣了？」

「青龍跟勾陣啊……」

晴明大約猜到了結果，不由得仰望天空說：

「他們很生氣吧？」

「嗯，非常生氣……」

晴明無奈地聳聳肩膀，將雙臂環抱胸前。

「我想也是。當時，宵藍那小子面對冥官，看得出來殺氣騰騰。」

對方不是人類，就算殺了他也不會觸犯天條。

出奇不意被扳倒的青龍，激動得眼睛都變了顏色。

「可是冥官大人平息地震、守住了京城，這也是事實。」

「晴明，呃……」
玄武有所顧忌地低聲叫喚，晴明沒有聽見。
「而且追根究柢，是我自己要求他幫忙的，所以實在也沒什麼道理對冥官生氣。」
「呃，晴明……」
繼玄武之後，太陰也有所顧忌地低聲叫喚。
「不過，我真的也很困擾，因為本來想派宵藍或朱雀同行。唉！也難怪宵藍會那麼生氣……」
「不是啦！晴明。」
太陰打斷了晴明的話。晴明不解地反問：
「不是什麼？」
「沒錯，不是他，晴明。」玄武用力點著頭說：「生氣的不是青龍，是勾陣。」
時間頓時停滯。
「啊——？」
晴明驚訝得說不出話來。太陰替玄武接著說：
「她氣到沒人能接近她。因為勾陣的情緒先爆發，所以青龍也被她的氣勢壓倒，乖

乖地躲在一旁……」

晴明不由得望向玄武，孩童外貌的神將靜靜地點了點頭。

「我從來都沒看過那麼生氣的勾陣，在她冷靜下來之前，我一點都不想靠近她。連青龍不久之前的那番說教，都沒有那麼可怕。」

聽說天空、太裳和天一若沒絕對必要，也不會靠近她。

「哦……這真是……」

跟太陰一起被青龍與天后狠狠教訓過的晴明，開始想像比青龍和天后更生氣的勾陣，氣急攻心會是什麼模樣，不禁打了個寒顫。

「是不會比怒氣沖天時的騰蛇可怕啦！不過……還是會讓人深深體會到，勾陣不愧是僅次於騰蛇的兇將。」

「是嗎……？」

看樣子，玄武也是靜靜地表示同意。難怪這幾天，玄武和太陰都不太回異界，老待在晴明身旁。

「都怪那個冥官不好，誰叫他多管閒事嘛……！」

太陰挑起眉毛，握緊了拳頭，玄武也板著臉猛點頭。

「更讓人生氣的是，他真的很討人厭，可是少了他又很麻煩！」

「說得也是……」

「啊，說有多生氣就有多生氣！」

就在太陰猛抓著頭時，有股神氣降落在她身旁。

玄武微微張大了眼睛。

「六合！」

聽到驚叫聲，晴明和太陰都回過頭看。

修長的神將在他們眼前現身了。

小怪的陰陽講座

④「齋王群行」指被選為齋王的皇女或皇族千金，前往伊勢時的浩大隊伍。

3

風音正以侍女身分待在臨時寢宮，六合應該陪在她身邊才對。

「六合，怎麼了？」

同袍中外貌年紀最小的太陰問。六合面無表情地回答：

「晴明叫我來的。」

老人點點頭。六合走到主人身旁，盤腿坐了下來。

神將已經降低了視線，晴明一臉嚴肅地看著他問：

「公主怎麼樣了？」

三天後就要出發前往伊勢。蒙皇上召見進宮的晴明，是今天才知道詳細的日程。

表面上，晴明與脩子的行程毫無關係，是跟伊勢神宮的神祇少佑大中臣春清一起前往伊勢。

而他去伊勢的目的，是替臥病在床的神祇大副大中臣永賴做病癒的祈禱。

形式上，就是神祇官為了請年邁的晴明去伊勢神宮，特地準備了馬匹。之後，又顧

慮到他年老體衰，所以讓寄住在安倍家的女孩陪他一起去。
沒有人知道齋王恭子公主也病倒了，因為怕伊勢神宮祭主的病情加上綿綿霪雨，會引起宮中人心惶惶。
「公主為了準備前往伊勢，已經開始淨身齋戒，只是沒有做到像齋宮或齋院那麼嚴謹。」
齋宮是指伊勢神宮的齋王，齋院是指在守護京城的賀茂川神社祭祀神明的齋王。兩者都是經由龜卜，從帝王血脈選出來的公主或皇族千金。
「前天蒙皇上召見進宮時，沒有見到她……不過，有風音陪著她，應該不用擔心吧！」
那天進宮，是為了替皇后定子做病癒祈禱。最近，晴明動不動就往臨時寢宮跑。身為藏人所陰陽師的他，原本應該可以待在家裡，輕輕鬆鬆地過日子。
已經八十歲的老邁身軀接連幾天進宮，實在有點吃不消。光是進入寢宮，就會不自覺地緊張起來。
「有風音和嵬在，不用替公主擔心。」
晴明眨了眨眼睛，玄武和太陰也瞪大了眼睛看著同袍。

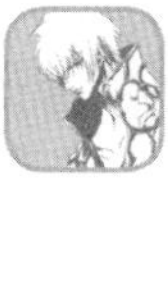

六合察覺三對視線都望著自己，疑惑地皺起了眉頭。

「幹嘛……」

太陰問滿臉疑惑的六合：

「嵬都跟著風音吧？」

「是啊！」

「也會讓公主看見嗎？」

六合面無表情地點著頭。

「不但讓公主看見，還會開口說話，公主也不覺得怎麼樣。」

「咦?!」

玄武和太陰同時發出了驚叫聲。

道反聖域的守護妖大多數看起來像妖怪，卻都是自尊心很強的神族，因為是侍奉道反大神的神獸，血統純正，所以面對皇家血脈也不會紆尊降貴。

在身為神獸的守護妖眼中，擁有皇家血脈的人類，根本不值得敬畏。

「那個嵬對公主那麼好啊?它對你可是充滿了攻擊性呢！」

晴明感嘆地說。六合微微沉下了臉，因為晴明說得一點都沒錯。

六合難得嘆息地說：

「好像是因為公主讓它想起了小時候的風音，公主的年紀正好跟風音被關進冰柱時的年紀差不多。」

最大的不同是，風音當時是個爽朗、很愛笑的女孩，而脩子總是把嘴巴緊緊抿成一條線，滿臉憂鬱，看了就讓人心疼。

對六合充滿敵意的烏鴉，因此成了脩子最好的玩伴。

太陰聽完後，歪起頭想著。

這件事讓她想起安倍家的孩子們，吉平、吉昌也都是跟晴明的「式神」十二神將們玩在一起。在這棟房子出生的成親和昌親也是一樣。昌浩在靈視能力被封鎖前，身旁也常有紅蓮作伴。

「皇后的狀況怎麼樣？」

聽到主人的詢問，六合露出憂慮的眼神。

「不太好。自從你交代過後，我就儘可能找時間去看她，發現她總是躺在床上起不來。」

看情形，肚子裡的孩子能不能順利成長都是問題。

晴明嘆口氣，將雙臂環抱胸前。

「皇后不是一般病情……是纏繞著她的某種東西在折磨她。」

神將們的視線都投注在晴明身上，他沉重地說：

「我總覺得她的病情也跟這場雨有關。」

雨不停地下著。被隱藏在厚厚雲層背後的陽光，什麼時候才會重回大地呢？

「我是給了她反彈詛咒的紫水晶……但是，那並不是詛咒，真不知道該怎麼做才好。」

晴明也束手無策了。六合淡淡地傳話說：

「風音要我告訴你，她已經決定陪公主一起去伊勢，見到她時，請你假裝是第一次見面。」

「嗯，我知道。」

在寢宮裡的她，只是侍奉內親王脩子的侍女「雲居」，她只有可能聽過大陰陽師安倍晴明的名字，絕不可能認識他。

六合忽然沉默下來，盯著晴明看。

晴明察覺了他的視線，露出訝異的表情。

黃褐色的眼眸瞬間瞥過昌浩的房間，光這樣，晴明就知道他要問什麼了。

晴明只是默默地搖了搖頭。

六合輕輕嘆口氣說：

「騰蛇呢？」

太陰的肩膀抖動了一下，這應該已經成了反射動作，只能靠她自己去克服。

晴明看著昌浩的房間，面色沉重地說：

「他跟昌浩在一起，其實他也很氣冥官，只是在昌浩面前沒有表現出來。」

玄武和太陰同時望向了晴明，太陰的臉上毫無血色。「不會比怒氣沖天時的騰蛇可怕」的勾陣，都氣成那樣了，她實在不敢想像騰蛇氣起來會是什麼樣子。

太陰一副失魂落魄的樣子，因為異界有勾陣在，人界有騰蛇在，自己不就無處可逃了？

六合看她那樣子，不解地皺起了眉頭。而太陰看著六合，忽然心生一計，俯身向前說：「六合，我也去臨時寢宮，跟風音和嵬一起保護公主吧！」

「這……倒是沒有必要……」

六合看起來真的很困擾，太陰繼續說服他。

「不，我要去，我覺得外表年紀差不多，比較容易親近，而且不久前公主也看過我了，我們並不是第一次見面。如果嵬都能跟她混得那麼熟，我去應該也不會有問題。」

一直保持沉默的玄武，在這時候插嘴說：

「現在青龍他們都動彈不得，戰力已經夠缺乏了，妳再去臨時寢宮，晴明會很煩惱吧？」

言之有理。

「這……」

太陰一聽僵住了。看到她那樣子，六合大約知道是怎麼回事，嘆口氣說：

「不然在出發前，我先留在這裡陪晴明，太陰，妳去臨時寢宮陪公主，隨時注意皇后的情況並通知我們。晴明，這樣可以嗎？」

「嗯，我都可以。太陰，拜託妳了。」

太陰的眼眸波動搖曳。

「六合……晴明……嗯、嗯，我知道，交給我吧！我也會向風音解釋清楚，那我走囉！」

全身纏繞著風的嬌小神將，就那樣飛上了下著雨的天空。

目送她離去的三個人，不知是誰發出了嘆息聲。

「太陰到底有沒有聽清楚晴明說的話啊？」

玄武板起臉嘀咕著。晴明苦笑著對他說：

「她不可能永遠逃避，迫不得已時，不管她願不願意都得面對。總之，她的問題也需要時間來解決。」

「是這樣嗎……？」

六合看一眼環抱雙臂、半瞇著眼睛的同袍，接著就把視線轉向主人，改變了話題。

「風音還說了一件令人在意的事。」

「什麼事？」

晴明眨了眨眼睛。六合淡淡地接著說：

「你知道公主身旁有個叫阿曇的侍女嗎？」

晴明思索了一會。

他幾乎沒遇過公主，前天進宮時，也是先被帶到定子皇后那裡做病癒祈禱，之後再去謁見皇上就離開了。

出發之後，也許每天都會見到面，但現在幾乎沒有這樣的機會。

「那個侍女怎麼了？」

「風音就是很在意她，總覺得她有什麼問題。」

據說三天前的晚上，阿曇一直看著半夜過後走出外廊的風音，而且她的頭髮看起來濕濕的，好像淋過雨。

當時回到晴明身旁的六合，看見東倒西歪的同袍們，不禁啞然無言。

看著太陰將青龍等同袍送回異界後，他陪著晴明和昌浩回家，一路上聽說了那個白髮女人出現在主人面前的事。

送晴明他們回家後，六合回到臨時寢宮，當他把這件事告訴風音時，風音喃喃說著：「不會吧……」

「你說什麼……？」

聽完六合的敘述，晴明也掩不住驚訝，六合對他點點頭。

「我也覺得應該不會，可是既然風音有感覺到什麼，就不能輕忽吧？」

沒錯，她是神的女兒，應該相信她的直覺。

「後來我們就很注意阿曇，她到目前為止都沒什麼奇怪的行動，只是她看公主的眼神特別冷漠，讓人懷疑。」

阿曇經常看著脩子。因為有風音陪著，所以她不太靠近脩子，但還是能感受到她那宛如盯住獵物般的銳利視線。

而那個白髮女人是異形，擁有的力量足以與十二神將匹敵，靈力也不在風音之下。

無論再怎麼仔細觀察，也看不出阿曇有那種可能性，完全就像是人類，然而，風音的直覺卻警鈴大響。

晴明把手貼著額頭，低喃著：

「公主身旁的侍女阿曇啊……」

六合點點頭，又補充說：

「這次公主去伊勢，阿曇也會陪同。」

晴明瞪大了眼睛。

「什麼？」

「是她自己要求的，她說自己在志摩出生長大，比其他侍女都熟悉那邊的地理環境。」

「志摩……？」

志摩與伊勢相鄰。

風音曾經假裝不經意地問過宮女，得知阿曇是志摩豪族的女兒，家世清白，教養和言談舉止都沒話說，進宮後馬上就被派來服侍公主了。

「志摩豪族？但是，光憑豪族血脈這樣的家世，進貴族家還有可能，要進宮當宮女恐怕沒那麼簡單吧……」

如果只是服侍嫁入宮中的貴族千金也就罷了，要服侍皇室家族，必須擁有相當的血統或更顯赫的家世。

六合對訝異的晴明說：

「聽說她是來自伊勢神宮的神職氏族。」

「原來如此……」

這樣就可以理解了。

伊勢神職分為兩個派系。

一派是由中央派遣的神祇官。

另一派是在伊勢落地生根的神職氏族。這個氏族的族人，擁有比藤原更悠久的歷史，是在神道之首的伊勢神宮服侍神明的氏族。論身分地位，說不定比一般貴族還要崇高。

晴明在記憶中搜索。

「伊勢的話……不是荒木田就是度會……」

「沒聽說是哪個氏族，不過，應該是其中之一吧！」

晴明嘆口氣說：

「既然如此，那個阿曇說要同行，就不會有人反對。沒有其他同行的侍女了吧？」

六合默默地點了點頭。

「這樣啊……」

晴明的表情凝重。

這應該是磯部守直的安排。這次公主去伊勢的事，愈少人知道愈好，晴明今天奉召入宮時，聽說伊勢神宮會調度所有必要人員。

脩子的行前準備由守直負責，晴明的行前準備由大中臣春清負責。

雙方各自從京城出發，在第一天晚上會合。

出發日期是三天後的早上，會有牛車來迎接。

滿臉沉鬱的老人喃喃說著：

「得告訴彰子才行……」

因為聲音太過沉重，兩名式神都啞然無言地注視著主人。
雨繼續下著。
雨聲使所有人的心情更加沉重了。

晚餐後，有人叫住了正要回房間的昌浩。
「昌浩。」
昌浩停下來，一個深呼吸後，慢慢地轉過身去。
彰子站在他面前，好像有話要說。
昌浩思索著該跟她說什麼，但想破了頭還是講不出半句話。
彰子對沉默的昌浩笑笑說：
「剛才晴明找我。」
昌浩的心跳開始加速，大概是他的臉色也變了，彰子的眼眸漾起感傷。
昌浩腳底像是生了根，他完全不想往下聽，卻一步也動不了。
彰子平靜地告訴沉默的昌浩。
「我三天後出發……」

心臟撲通撲通猛跳著。

耳朵深處只有怦怦疾馳的心跳聲，還有下個不停的雨聲。

他已經無法分辨那是長期以來在腦海中回響的雨聲，還是現在正下著的雨聲。

昌浩撐開僵硬的嘴唇說：

「是……嗎……？」

「嗯……」

兩人就這樣沉默下來。

如泰山壓頂般的沉默，讓氣氛緊繃到極點。

這時，隨後跟來的小怪出現了。

飄蕩在兩人之間的緊張氣氛，扎刺著小怪的肌膚。

瞇著眼的小怪，閉上眼嘆口氣，再蹬蹬蹬地跳到兩人之間。

「你們兩個杵在這裡做什麼？」

它儘可能裝出開朗的聲音，輕盈地靠後腳直立起來。

「喲！彰子，妳怎麼了？臉色不太好呢！」

「咦？是嗎？」

彰子雙手托住臉頰，猛眨著眼睛。小怪用力地對她點了點頭。
「是啊！妳的臉色好蒼白。老是站在走廊上，當然會受涼，有話要說，就回房間說嘛！對吧？昌浩。」
小怪轉個方向，舉起前腳往房裡指。去昌浩房間，就有坐墊跟外衣。
「女生本來就容易手腳冰冷，要小心點。」
沒想到小怪這麼貼心，彰子瞇起眼睛說：
「嗯……謝謝你，小怪。」
「不用客氣，關心妳是應該的。」
小怪挺起胸膛，斜眼看著昌浩說：
「昌浩啊，你連這種事都沒注意到，會被成親他們嘲笑的。」
被戳到痛處的昌浩屏住呼吸，過了一會才尷尬地笑著說：
「是啊……哥哥他們大概會跟你說一樣的話。」
「對吧？」
小怪淡淡一笑，昌浩抱起它，把臉鑽進它身上的白毛裡。
「小怪好暖和……既然這麼暖和，就拜託你了。」

昌浩抬起頭，把小怪遞給彰子。彰子詫異地眨眨眼睛，接過小怪。

昌浩笑著說：

「把它這樣纏在脖子上，很溫暖哦……我要去查些資料。」

他舉起手表示告辭，轉身離去。

彰子抱著小怪，目送昌浩的背影。

她始終都笑著，努力強忍住淚水。

回頭看著昌浩的小怪，聽到彰子平靜的聲音。

「小怪，我……」

小怪抖動一下長長的耳朵，啪噠啪噠地搖了搖尾巴。

「我……我從來都沒想過，有一天，自己竟然會有這樣的念頭。」

「怎樣的念頭？」

小怪沒轉頭看她，直接就問了。彰子保持平靜的聲音說：

「覺得待在他身邊……很難過……」

夕陽色的眼眸訝異地閃爍著。

彰子的聲音聽起來那麼平靜，幾乎就要被雨聲淹沒了。

「現在……看到他的笑容，比目送他的背影離去還要難過……」

「……」

平靜的語調，傾訴著她內心的痛楚。

小怪偷偷地回頭看彰子。

它還以為直視著前方遠處的彰子正在哭泣，沒想到她的表情跟她的語調一樣平靜。

風平浪靜的眼眸深處，隱約可見情感的波瀾，被她強行壓抑著。

她撫摸著小怪白色的頭，淡淡笑著說：

「三天後，會有牛車來接我，我要跟晴明去伊勢了。」

冰冷的手指一次又一次地撫過小怪的頭。

「不知道什麼時候才能回來，不過，總有一天會回來吧！」

白毛是那麼的溫暖，而撫摸著白毛的纖細手指，卻是那麼的冰冷。

「到時候，我想我應該就可以很自然地跟他說話了……」

見到他、聽到他的聲音，也不會像現在這麼心痛了。

昌浩一定也是這樣。

所以……

「所以，小怪，昌浩就拜託你了。」

不要讓他太過勞累，也不要讓他因為夜巡而搞壞了身體。

在他的房裡等待偷偷溜出去的他回來，是彰子最喜歡的一段時間。

儘管每次都擔心得不得了，祈求昌浩平安無事，但是當昌浩回到房間看見她，露出驚訝的表情時，她就莫名地感到幸福。

部分的新鮮感，的確會在不斷重複的日常生活中逐漸淡去。然而，目送昌浩出門，再迎接他歸來的那一瞬間的喜悅，就像微弱的燈火在心中點燃般，會帶給彰子無限的溫暖。

不過，有件事總是與喜悅並存。

那就是在不為人知的狀態下作戰、受傷的詳細情形，昌浩從來沒有提過。

這件事讓彰子覺得遺憾，打從心底覺得悲哀，只能不時地祈禱自己也能夠為他做些什麼。

從刺傷了昌浩那天起，從回應了大妖的話那天起——

無法緩解的疼痛，就一直在彰子體內糾纏不清。

小怪在沉默的彰子懷裡閉上眼睛說：

「嗯……我會看著他。」

說完，它就往彰子的肩上移動。

「妳也一樣，有什麼事，就要馬上告訴晴明。不過，妳應該不會像昌浩那樣逞強，所以這點我倒是不擔心。」

彰子噗哧一笑說：

「放心吧！我只是陪公主去而已，不會有什麼事。」

「在伊勢，應該沒有人見過中宮，所以妳說不定可以過得更自在呢！」

彰子點點頭表示同意，低下頭，把手放在小怪的背上。

白色尾巴啪噠啪噠地拍打著她的手。

「還可以看見海呢，跟脩子一起去海邊玩玩吧！」

「嗯。」

「今年是式年遷宮之年，機會難得，妳一定要去看遷宮儀式。」

「嗯……」

下著雨。

停在安倍家門前的車之輔偷偷往屋內瞧。

回到家時的昌浩，看起來很不開心，讓車之輔擔心得不知如何是好。

它又不敢貿然闖入屋內，什麼都不能做。

正煩惱著該怎麼辦時，三個身影向它走來。

「喂，車！」

車之輔將車體轉變方向。

小妖們對它揮著手。

邊濺起水花，邊跑過來的小妖們鑽進了車之輔底下。

「每天都這樣，煩死了。」

聽到從車底下傳來的埋怨聲，車之輔苦笑起來。

「你笑什麼啊？車，我們是真的很煩呢！」

猿鬼才剛說完，獨角鬼就繼續聲援它說：

「就是嘛！雨下個不停，又陰暗，愈來愈想念陽光了。」

車之輔也是同樣的心情，不禁傾斜車轅，仰望著天空。

雨一天不停，它就一天不能回到戻橋下。停在安倍家前畢竟有種種顧慮，讓它渾身

不自在。

在車下躲雨的小妖們跟車之輔打過招呼後，就跳進了車內。

「還是待在車裡比較舒服。」

龍鬼心情大好地說著，車之輔卻露出了困惑的神色。

《拜託你們，不要把車子裡面弄髒了。》

「知道啦！不用擔心，我們很有分寸的。」

獨角鬼打開車窗回答，猿鬼也接腔說沒錯沒錯。

「我們也覺得打擾你不好意思，所以離開時一定會弄乾淨，放心吧！」

《那就好……》

「對了，車。」

從獨角鬼旁邊探出頭來的龍鬼沮喪地說：

「待在寢宮裡的傢伙，今天跟我說了一件事。」

車之輔疑惑地想轉頭往上看，但是臉固定在輪子上，所以怎麼努力也看不到小妖們。

極盡全力轉動著眼珠的車之輔聽到了意想不到的事。

「聽說小姐要去伊勢，真的嗎？」

那張看起來窮兇極惡的臉忽然變得呆滯。

《什麼——？》

車之輔驚訝地反問。猿鬼又問它：

「晴明好像跟皇上談到小姐後天要去伊勢的事，你什麼都沒聽說嗎？」

什麼都沒聽說的車之輔，驚訝得不知所措。

連日下雨，彰子都沒有外出。平常去市場時，她都會跟車之輔打招呼，是個溫柔可人的女孩，車之輔很喜歡她。

為什麼她要去伊勢呢？

看到車之輔嘎吱嘎吱搖晃著車體，三隻小妖露出失望的神色。

「原來車也不知道啊……」

「那麼，還是要去問昌浩或晴明囉？」

「可是……對現在的昌浩，有點難以開口問……」

小妖們嘰嘰咕咕地交談著。車之輔不安地問：

《主人……主人是怎麼了嗎？你們知道主人為什麼臉色那麼難看嗎？》

三隻小妖看看啪沙啪沙搖晃著後車簾的車之輔，再彼此對看一眼後，無奈地說出了事情的經過。

車之輔感到驚訝。

《怎、怎麼會這樣……！》

雨不停地下著。

小妖們從震驚的車之輔的車窗探出頭來，頹喪地垂下了肩膀。

「好煩哦，小姐要去很遠的地方了……」

「聽說什麼時候回來都不知道呢！」

「晴明也是……昌浩現在又是那樣子，好像……」龍鬼欲言又止，抬頭看著烏雲。

「好像所有好事都被這場雨沖走了……」

車之輔也抬頭仰望天空。

三天前，原本頻頻發生的地震停止了，可是，好像有更可怕的事要發生了。

妖車多麼希望趕快放晴，笑容再回到所有人的臉上。

4

一大早，風音就醒來了，她披上外衣，走到外廊上。

依然下著雨，雲層一天比一天厚，沉重地往下垂。

風音凝視著上空，一陣風吹到她身旁。

神將太陰現身了。

「妳真早呢！公主還在睡吧？」

「公主是還在睡，但我是侍女，還有很多事要做呢！」

風音苦笑著，回頭往後看。

公主睡的床被床帳圍住，所以從這裡看不到裡面的情況。

「對了……」太陰壓低嗓門，指著床說：「每天都是這樣嗎？」

風音知道她在說什麼，苦笑著點了點頭。

「是啊！她說因為這樣，她可以一覺到天亮，連夢都沒作。」

「哦……好意外。」

從太陰的表情可以看出她是由衷這麼想，風音噗哧笑了起來。

可能是聽到了笑聲，床帳一陣搖晃，冒出一個黑影。

「公主，妳在笑什麼……唔，神將，妳要對我家公主怎麼樣?!」

太陰落在外廊上，哼一聲，挺起胸膛說：

「我只是在跟她說話而已。你也該改一改脾氣啦！不要動不動就找人吵架。」

然後她彎下腰來，豎起一根手指繼續說：

「我是十二神將之一，名叫太陰，你好歹也記住我的名字嘛！」

「我幹嘛要記住十二神將的名字？」

嵬不屑地轉過頭去。太陰猛然抓住它的翅膀，半瞇起眼睛說：

「記住別人的名字是最起碼的禮貌。如果有人老叫你烏鴉，不叫你的名字，你也會不高興吧？」

「被十二神將叫名字，我會更不高興。所以妳不必特地叫我名字，我就是不想被你們叫。」

「你說什麼?!」

太陰不高興地挑起了眉毛，嵬瞥她一眼就不理她了。

太陰氣得肩膀顫抖。

「——……一點都不可愛！你這隻妖怪烏鴉，怎麼這麼不可愛！」

太陰狠狠地咒罵著。嵬大大地張開嘴巴說：

「什麼妖怪烏鴉嘛，真沒禮貌！我是服侍道反大神的守護妖啊！妳竟敢把我說成那樣。有膽不要跑，我現在就殺了妳！」

「殺得了我就試試看，你這隻妖怪烏鴉！不要小看十二神將！」

雙方吵得不可開交。

風音露出困擾的笑容，看著守護妖與神將之間毫無意義的抬槓。

忽然，有東西在視線前方晃動。

是只穿著一件衣服的脩子拉開床帳，揉著眼睛出來了。

「怎麼了……？」

大概是睡得正香，被太陰和嵬的聲音吵醒了。

太陰和嵬發現脩子，立刻停止了爭吵，杵在原地。

風音經過他們身旁，走到脩子面前跪下來。

「公主，您醒了啊？」

「嗯……寬呢？」

風音笑著指向寬說：

「在那裡，沒離開，放心吧！」

還睡眼惺忪的脩子，看到張開雙翅被太陰抓住的烏鴉，眨了眨眼睛，她還記得這個抓住烏鴉的女孩。

發現脩子注視著自己，太陰慌張得猛眨眼睛。現在，她只把神氣加強到一般人看不見的程度。通常，一般人應該看不到她，但是內親王脩子具有看得到神將的靈視能力，只是沒有晴明或彰子那麼高強。

知道她具有這樣的能力，就可以了解伊勢的天照大御神為什麼指定要她當依附童，讓自己附身。

「還不放開我？神將。」

烏鴉低聲咒罵，太陰不情願地放開了它的翅膀。

飛落地上的烏鴉，喀喀喀地跑到脩子腳邊。

「怎麼了？內親王，這個時間還可以繼續睡啊，快回床上吧！」

「嗯，我去睡了。」

還處於半睡眠狀態的脩子點點頭，一把抱起嵬，就轉身回房間了。

太陰目送乖乖回床上的脩子和嵬離去，訝異地喃喃說道：

「怎麼會這樣……？」

風音不禁回頭看指著烏鴉的太陰，苦笑著說：

「嵬很會哄小孩，因為它以前是我的保姆。」

「哦……」

據風音說，嵬來京城找到她後，脩子就每晚抱著嵬睡覺。

剛開始看到會說話的烏鴉，脩子有點受到驚嚇，後來確定沒有危險，就立刻和它玩在一起。

再怎麼樣，風音也不能進床帳內，所以有嵬陪在脩子身旁，就像給了風音更大的保障。

風音還要做很多侍女的工作，這時候有隱形的六合和躲在暗處的嵬陪在脩子身旁，她就能放心地做事。

與六合輪替的太陰，整晚都隱形待在外廊。

她窺伺著床帳裡的情況，用比剛才低的音量說：

「晴明是後天出發前往伊勢，公主是明天吧？」

風音確定沒人偷聽，才點了點頭。脩子去伊勢的事，除了脩子本身與兩名貼身侍女外，只有一名皇上最信任的老侍女知道。

為了謹慎起見，風音請太陰也隱形。

「嗯，表面上，公主是為了替皇后祈禱病癒，要去賀茂神社住幾天，明天早上出發。」

賀茂神社跟伊勢的齋宮一樣，設有齋院。所有事情都已安排妥當，對外宣稱脩子是要去那裡的齋院，為皇后定子祈禱病情早日好轉。

武官與侍從會送脩子去。由於齋院不能帶太多侍女去，所以，只由老侍女選了風音和阿曇隨行。

把脩子送到目的地後，武官與侍從就會馬上折回京城。

脩子一行人會在齋院過一夜，再跟預計第二天早上到達的磯部等人一起悄悄前往伊勢神宮。

兩天後，晴明和彰子再跟大中臣春清一起從京城出發，與脩子一行人會合。

「聽說路線跟齋王群行一樣。」

《要翻山越嶺吧？皇上叫晴明搭轎子去，可是不能那麼做吧？》

雖然皇上清楚交代過，要晴明搭轎子去，但是晴明與脩子同行是機密，所以不太可能那麼做。

最後還是會徒步去吧！對八十歲的老邁身軀來說，實在太殘酷了。

《搭我的風，瞬間就可以到伊勢了。》

從聲音可以聽得出來，小女孩外型的神將很不高興。

風音皺起眉頭說：

「是啊……如果情況允許，可以靠妳的風把公主送去，這是最快也最安全的辦法。」

但是，絕對不可能靠神將的風行進，因為去的人不只晴明和脩子，還有彰子、磯部守直、大中臣春清，以及阿曇。

在心境上，要太陰運送主人之外的人，她會有點抗拒。

安倍家的人或風音他們對神將沒什麼偏見，她就還能接受。而一般人，通常會把神將當成非人類的妖魔鬼怪。對他們來說，太陰和玄武的外型像小朋友，感覺還好，但是，六合與青龍等高大的同袍們就是一種威脅了。

前幾天，太陰才奉晴明之命，與朱雀一同去過一趟伊勢。

雖然沒有進入伊勢神宮，卻可以感覺到齋宮寮的陰沉，應該是因為齋王與祭主都臥病在床。

老實說，她很不希望晴明去那樣的地方。

晴明是在宮中任職的官員之一，既然是皇上的聖旨，就必須遵從。但是，神將們都由衷希望他能活得更逍遙自在一點。

從以前到現在，大家有什麼難題就來找晴明，對他百般依賴。這是值得驕傲的事，但有時候，神將們還是很想說不要把所有事都推給他。

年輕時還好，現在他已經年老體衰了。

有時，神將們甚至想，他差不多可以把所有的事都交給孩子們或孫子們，自己去隱居了。

當然，他本人一點都沒這麼想過，因為他是那種凡事都想掌控的人。

《咦，慢著……聽說是跟齋王群行相同的路線，可是群行結束後，行宮周圍的臨時住所不就會被拆除嗎？他們中途要住哪裡？》

太陰想到這件事，脫口而出問。風陰點點頭說：

「嗯，所以聽說磯部他們正在趕建臨時住所。」

所謂行宮，是齋王群行時，一行人住宿的地方，共有五個據點，齋王與貼身侍女住在行宮，其他侍從與隨行人員就在行宮周圍搭建臨時住所休息。

這次的人數不多，所以只會搭建幾間小的臨時住所，等他們經過之後就拆除。

磯部守直從伊勢前往京城時，就把所有事都安排好了，可見對伊勢齋宮寮來說，將脩子帶回伊勢，早已是勢在必行的事。

「在雨中翻山越嶺很辛苦，可是也沒辦法了……」

風音看著下個不停的雨，嘆了口氣。

對她來說，這不是什麼苦差事，可是對脩子和磯部等人，以及這次同行的彰子來說，恐怕會是一大難題。

風音還沒見過彰子，後天將是她們第一次見面。

在決定彰子將與脩子同行時，六合就把彰子的身分大致告訴了她，讓她不禁感嘆，真是坎坷的命運啊！

當時，六合突然問她，有沒有辦法除去詛咒。這種事要見到彰子本人才知道，她也很希望自己能做得到。

雖然沒見過彰子，但是從六合極少的幾句話，以及昨天來過的太陰話中，可以推測她和晴明的孫子昌浩之間，應該有什麼很深的羈絆。

跟昌浩也有一段時間不見了，所以很擔心他現在處於什麼樣的狀態。

前幾天頻頻發生的地震，也教人憂慮，不知道龍脈的暴動可以被鎮壓到什麼時候。

還有，龍脈的暴動與這場雨之間的關係及根本原因，究竟是什麼？

據說，所有的事都環環相扣，這又意味著什麼呢？能闖越迷宮的線索太少，總覺得怎麼樣也到達不了出口。

瞬間奪走神將們神氣的冥府官吏，也引人好奇。

風音嘆了一口氣。

要想的事太多了。目前最重要的事，就是送脩子去伊勢，可是，這麼做雨真的就會停嗎？老實說，誰也不能保證。

天照大御神的神召，只說要把依附體帶去，並沒有很肯定地說有了依附體，這場違反天意的雨就會停止。

到了伊勢，恐怕有必要直接向天照大御神確認這件事吧？

其實到京城之後，風音呼叫過天照大御神好幾次，但是，神好不容易才傳來的聲音就像透過水般，非常不清楚，聽不出在說什麼。

伊勢和出雲一樣，是神之國度，也是天照大御神的力量強烈降臨的地方。在那裡，天照大神的聲音應該可以不受任何阻礙地傳達。

道反女巫的女兒風音也有遺傳到女巫的資質，可以聽見神的聲音，召請神靈依附在自己身上。

被不好的東西附身叫「著魔」，召請神靈叫「降神」。

風音不會被不好的東西附身，除非她自己允許，但是，已找回道反大神女兒自尊的她，絕對不會允許這種事發生。

高天原的神跟她算是血親，所以依附在她身上，要比依附在具有女巫體質的人類身上更容易。

然而，天照大御神卻選擇了內親王脩子。

既然是神詔，脩子就非去不可，風音只能陪她去，因此懊惱不已。

風音想了好一會後，嘆口氣，搖了搖頭。

《其他侍女好像也差不多起床了。》

隱形的太陰聽到隨風傳來的窸窸窣窣聲。風音點點頭，往床帳望去。

「把公主叫醒吧？」

今天她要去見很久不見的皇后定子。

因為明天就要離開臨時寢宮，所以要先去道別。

申時，內親王脩子去了母親養病的對屋，她很久沒來這裡了。

臨時寢宮一條院雖然沒有原來的寢宮大，還是非常寬闊。為了靜養，定子的對屋與脩子的對屋相隔一段距離。

脩子慢慢地走向躺在床上的定子。

臉色蒼白的定子意識很清楚，瞇起眼睛看著心愛的女兒。

露出衣袖的手伸向了脩子。

脩子在床邊坐下來。定子用手撫摸著女兒的臉，脩子把手疊放在母親的手上。

定子用無力的聲音呼喚著女兒。

「公主……妳還好嗎？」

脩子點點頭，儘可能不眨眼睛，注視著母親。

過了今天以後，就暫時見不到面了，所以她要看著母親，牢牢記住母親的模樣，深深刻印在心底。

然而，不知道為什麼，最喜歡的母親的臉卻逐漸變得模糊。

脩子拚命揉眼睛，一次又一次地揉，可是視野卻愈來愈迷濛，愈來愈看不清楚母親的臉。

定子擔心地看著緊緊抿住嘴唇、不停地眨著眼睛的脩子。

「誰……來幫我一下……」

在附近待命的侍女看到定子想爬起來，驚慌得臉色大變。

「不可以起來，皇后。」

「請不要強撐……」

定子制止前來阻止的侍女們，奮力爬起來，抱住驚訝的脩子。

「……」

脩子張大眼睛，動也不敢動一下，輕柔的聲音在她耳邊響起。

「怎麼了？公主，什麼事讓妳悲傷到必須強忍著不哭呢？」

母親心疼的聲音，就像在她心中點亮了溫暖的燈火。

脩子搖搖頭說：

「不、不是的、不是的，母親。」

脩子緊緊抱住母親，小心謹慎地接著說：

「我是因為能見到母親太高興了，想仔細看清楚，所以……」

呼吸有點困難的定子慈祥地拍著脩子的背。

陪脩子一起來的風音，在環繞對屋的外廊上等著，隔壁還有阿雲和老侍女端坐著。

風音在不失禮的範圍內，抬起頭觀察皇后。

前幾天晴明來過，做了病癒祈禱，但是看起來完全沒有奏效。晴明的法術不太可能無效，難道是病情嚴重到讓法術反彈了？

或者是某人的詛咒？風音這麼想，立即搜索氣息，但沒搜索到任何可能的氣息。

不過……

風音憂慮地瞇起了眼睛。

直覺告訴她，有什麼東西纏繞著定子的身體。

太奇怪了，不該有那樣的東西存在，因為隨時注意著皇上與定子狀況的六合什麼也沒說。

「……」

風音眨了眨眼睛。

纏繞著定子的東西，跟下個不停的雨有同樣的波動，像霧又像煙。

「是雨……？」

一旁的阿曇清楚聽見了風音的喃喃自語。

她瞥風音一眼，目光閃爍了一下，然後把視線轉向定子與脩子，面無表情地看著她們母女。

侍女將外衣披在定子的肩上。

定子的呼吸依然很急促，臉色蒼白地微笑著。

「才一會沒見，妳又長高了呢！公主……這樣下去，很快就會長大了……」

把手貼放在脩子臉上的定子，開心地瞇起了眼睛。

「妳長大後，會變成什麼樣子呢……」

我能不能看得到妳的成長呢？

這只是定子內心的聲音，怎麼樣也不能說出口。

她已經隱約預測到自己的命運。

「我會變成母親這樣子。」

脩子這麼說，輕輕地摸了摸母親的肚子。

「然後，我會跟敦康一起保護這孩子，因為我是姊姊。」

幼小孩子的純真刺痛了定子的心。

啊，這孩子比誰都寂寞，卻學會了忍耐，不告訴任何人。

定子的眼眶發熱，為幼小的女兒超越年齡的早熟感到悲哀，也苛責自己對女兒的疏於照顧。

「……！」

看到母親流淚，脩子慌張地說：

「母親，為了讓您的病趕快好起來，我要去賀茂神社祈禱。」

脩子的話太出人意料之外，定子不禁懷疑自己的耳朵。

「咦……？妳說什麼？公主，再說一次。」

脩子又說了一次。

「我要去賀茂神社祈禱，祈求神明讓母親趕快痊癒。」

定子方寸大亂，猛眨著眼睛，呼吸更急促了。

侍女看不過去，趕緊催促她躺下來。

脩子握著母親的手，稍稍往後退。侍女協助身懷六甲的定子，儘可能平穩地躺下來。

雨不停地下著，雨聲卻被快速的心跳聲掩蓋了。

定子抬頭看著女兒說：

「公主……妳為什麼……要去賀茂神社祈禱？」

女孩定定地注視著母親。

「我想母親的病一直不好，很可能是下雨的關係，所以我要去向神明祈禱雨停，讓母親的病趕快好起來。」

「是不是有人叫妳去？」

不安與恐懼的神色在定子臉上蔓延開來。

脩子眨了眨眼睛。

「沒有，是我自己拜託父親讓我去的。」

父親問她願不願意去？

父親說，神在伊勢呼喚著她；為了阻止這場下個不停的雨，神正呼喚著她。

她聽不懂太深奧的事，只知道父親面臨了難題。

「我要去向神祈禱，讓母親的病趕快好起來，所以，母親一定會很快痊癒。在那之前，我會不停地祈禱。」

如果聽神的旨意，協助阻止這場雨，神應該會實現自己的一、兩個願望吧？她這麼想，希望神能治好母親的病，讓弟弟或妹妹平安地生下來。

然後，父母和三個孩子，從此過著幸福的生活。

脩子握住母親的手，笑著說：

「所以，母親，您不用擔心，我不會有事。」

為了父親、為了母親，即使是一個人、即使是遙遠的伊勢，她都會去。

老實說，她才不在乎什麼這個國家的人民，也不在乎雨會不會一直下。

對她來說，最重要的是父親、母親、弟弟，和即將出生的嬰兒。

她決定去伊勢，只是為了保護自己所愛的家人。

定子摸著脩子的臉，雖然無法完全理解幼小的脩子在想什麼，但是，看得出她教人心疼的純真和悲壯的意志。

「那麼……我要早點好起來才行呢……」

脩子說她會不停地祈禱，直到母親痊癒、直到雨停，不確定時間會拖多長。

「嗯，會的，您一定會很快好起來。」

脩子笑了起來，笑得那麼天真、那麼開心。

風音看著她們，想起道反的母親，眼角熱了起來。

在很久以前，大約脩子這個年紀的時候，有人拆散了她和母親。

直到最近才重逢，自己卻又來到了京城，母親一定很寂寞、很傷心吧？

眼前的畫面與自己的過去交疊，無法壓抑的情感在她內心洶湧澎湃。

仔細一看，在場的侍女們也都偷偷用袖子擦拭著眼睛。

幼小公主的勇敢，深深打動了她們的心。

用袖子擦著眼睛的風音，不經意地望了阿曇一眼。

阿曇看脩子的眼神總是那麼冷靜透徹，想必現在也是冷漠地看著她吧？

然而，卻出乎風音意料之外。

阿曇背過臉去，一隻手掩住眼睛，像強忍著什麼似的咬緊嘴唇，肩膀微微顫抖著。

風音大感驚訝。

那樣的反應，完全不吻合阿曇至今以來給她的印象。

5

老人仰望著烏雲，一個身影無聲地降落在他背後。

「聽說內親王明天出發。」

聽到報告的度會禎壬鄭重地下令：

「派虛空眾去，在內親王進入伊勢前，先把她搶到手，帶來這裡。」

「是！」

身影瞬間消失了。

禎壬沉重地喃喃自語：

「地脈的亂象愈來愈強烈……要趕快才行……」

第二天，內親王脩子從臨時寢宮出發，前往賀茂齋院。
但是，在皇宮裡工作的官員們大多不知道這件事，還是做著每天該做的事。

傍晚，彰子被叫去晴明的房間。
「您找我嗎？晴明大人。」
彰子拉開木門，先打了聲招呼。晴明請她進來，給了她一塊坐墊。
「明天的事，我想跟妳作最後的確認。」
「是。」
彰子平靜地點點頭，等晴明說下去。
晴明淡淡地說：
「今天公主從臨時寢宮出發，去了賀茂的齋院。」
「是。」
晴明從附近的書堆裡抽出一個卷軸，打開來，是一張京城的簡略繪圖。
第一次看到這張圖的彰子張大了眼睛。晴明眉開眼笑地說：

「這是我年輕的時候，請白虎把從空中看到的京城畫下來的圖，是非常重要的寶物。」

「哦……」

「這是公主投宿的賀茂齋院，我們會跟明天來接我們的人，與離開齋院後的磯部一行人在逢坂山會合，先去勢多的臨時住所。」

然後沿著群行路線，前往伊勢的齋宮寮。

「妳可能會跟公主同搭一頂轎子，或是走路前往，真的很抱歉。」

晴明低頭道歉，彰子慌忙搖頭說：

「別這樣，沒關係，我可以走。來這裡生活後，我的腳強壯多了。」

她偶爾會去市場買東西，也會做種種家事。

這些微不足道的日常生活，讓她從藤原家的千金小姐，變成了在安倍家的遠親女孩。

彰子覺得自己很幸運。

她望向拉起的上板窗，觀察外面的狀況。

雨正下著。看慣了這樣的景象，一時之間還真想不起來晴天的模樣。

「雖然我很少在下雨時外出……但是其他人也一樣。」

想起負責抬轎子的磯部等神職人員，以及應該也是徒步前往的脩子的貼身侍女們，她就覺得不該只有自己搭乘轎子。

「還有，」彰子憂心忡忡地說：「晴明大人，您呢？您再怎麼健康，畢竟也上了年紀……」

六天五夜的伊勢行程，會對身體造成極大的負擔。

老人眨眨眼睛，抿嘴一笑。

「我還不會輸給年輕人呢！而且有太陰在，必要的時候，也可以搭乘她的風前進，所以不用替我擔心。」

接著，他又露出逗趣的眼神說：

「不過那麼做的話，同行的人可能會嚇得眼珠子掉下來。」

他說完哈哈大笑，彰子也跟著嘻嘻笑了起來。看到這樣，晴明才安心地瞇起了眼睛。

彰子終於笑了。

這幾天，彰子總是緊繃著臉，渾身飄蕩著僵滯的氛圍。

碰到昌浩時，兩人的表情都不太自然，說不到幾句話，就很快地撇開了視線。

吉昌他們也察覺到孩子們的異狀，但心想可能是跟彰子要去伊勢有關，並沒有深入追問。

彰子專心看著從上空俯瞰的京城繪圖，晴明平靜地對她說：

「等辦完所有事，回京城時，來趟天空之旅吧？彰子。」

彰子驚訝地抬起頭。

「咦……？」

晴明閉起一隻眼說：

「白虎的風很平穩哦！只要靠隱形術躲開所有人，就不用擔心被看見了。」

從伊勢回來時，應該是雲消霧散，天空一片清澈吧？

晴明他們陪脩子去伊勢，就是為了阻止這場雨。

晴明眼中有著平靜的堅強。

「雨不會下那麼久。」

彰子眨一下眼睛，悄悄地問：

「這是……大陰陽師安倍晴明的預言嗎？」

「妳可以這麼想。」

老人用力點著頭。

彷彿在說，一切很快就會恢復原貌。那分慈祥感覺好溫暖，彰子微微笑了起來。

昌浩今天值夜班，所以傍晚再去陰陽寮就行了。

出門前，他一直在看書，聽到燈台火焰燃燒的嗞嗞聲，才抬起頭來。

離夜晚還有一段時間，可是不點燈太暗了，沒辦法看書。

他嘆口氣，把書放下，站起來拉開木門，走到外廊上。

外面下著雨。

連日來的雨，早已成了理所當然的事，也該聽慣了雨聲。

然而，雨聲卻激盪著昌浩的心。

強烈的雨聲，總是在耳邊迴旋繚繞，不管睡著時還是醒著時，雨聲總是不絕於耳，擾亂著昌浩的心。

他背靠著窗滑坐下來，沮喪地垂下了頭。

除了雨聲，還有不正常地疾馳的心跳聲，總像有什麼東西，重重地卡在心底深處。

他想變得強悍，比任何人都強。

不變得更強不行，否則保護不了她。

保護不了她的自己，沒有資格待在她身旁。

心跳得更大聲了，脈動的聲響彷彿催促著昌浩。

明明什麼都沒做，心跳還是異常快速，想壓也壓不下來，因為跟心情的波動產生了共鳴。

雨聲在耳底、在心底，扎刺般地大聲響著。

昌浩抱住頭，用力地甩動。

好吵，吵死人了，他愈來愈不知道該怎麼做才好。

還有另一個聲音，在他混亂的思緒中繚繞回響著。

——可別沉淪了。

那個可怕的男人把刀架在他的脖子上時，說了這麼一句話，拋出了言靈。

沉淪成什麼？

魔鬼。

不懂。

魔鬼是指什麼？

那個男人專門抓鬼。他說沉淪就會變成魔鬼，所以自己也會變成魔鬼？

變成魔鬼會怎麼樣呢？

東想西想的昌浩緩緩抬起頭，陰鬱的眼眸望穿天空。

雨在下著，他看見不該看見的雷光，聽見不該聽見的雷聲。

在出雲山中看見的光景，如走馬燈般折磨著昌浩的心。

他一點都不想看，然而，那情景卻一次又一次地閃過腦海，讓他看見刺進彰子體內的刀刃。

昌浩抓住自己的胸口，抽搐般地倒吸了一口氣。

他多麼希望，當時被那把兇刀刺倒的是自己。

偏偏自己動彈不得，只能眼睜睜地看著彰子倒下來。

雨聲響著。揮不去的聲音，在大腦裡盤旋繚繞。

呼吸好困難，片刻不曾消失的疼痛震盪著胸口。

「唔……！」

摀住耳朵的昌浩忽然感覺到一陣風，張開了眼睛。

小怪出現在他身旁。

看到昌浩納悶地皺起眉頭，小怪甩甩白色尾巴，漫不經心似的說：

「晴明他們明天一大早出發。」

昌浩的心臟猛跳了一下。

「是嗎……？」

語調平板的低喃，與內心的動盪成反比。

昌浩今天值夜班，等一下出門後，要明天中午才能回來。

回到家時，晴明和彰子已經不在了。

昌浩強撐著站起來。

他轉身回到屋內，準備往外走。

小怪關上木門，轉頭看著他說：

「你要去哪裡？昌浩。」

「去爺爺那裡，先向他道別……」

父親和母親明天可以送爺爺出門，自己就不行了。

看著有氣無力地走在走廊上的昌浩背影，小怪重重地嘆了一口氣。

這時候，一股神氣降臨。

「好久不見。」

小怪仔細一看，竟然是神將六合。

沉默寡言的神將瞥了昌浩的背影一眼。

「他好像很煩惱……」

「是啊！」

小怪點點頭回答，臉色有點沉重。

昌浩正飽受折磨，不知道該怎麼辦，搞得心浮氣躁。但是，他現在思緒還很混亂，跟他說什麼他都聽不進去。

就像以前的自己一樣。

六合低頭看著小怪，平靜地說：

「昌浩可以復原嗎？」

夕陽色的眼睛仰望著同袍。黃褐色的雙眸一如往常缺乏表情，但最深處閃過憂慮的光芒。

小怪搖搖頭說：

「不知道。」

六合的眼神泛起幾分厲色。小怪甩甩耳朵，嘆了一口氣。

「這是事實啊！沒辦法。那傢伙現在陷得很深，能不能爬出來、跨越這個難關，就要看他自己了。」

任誰都會受傷。據說，人只會遇到自己可以克服的試煉。

但是，有時也會遇到光靠自己就是無法克服的狀況。

「我唯一能做的，就是待在他身旁。老實說，我很氣自己，什麼事也不能為他做。」

六合眨了眨眼睛。

小怪的原貌是神將騰蛇，從昌浩出生時，就看著他長大，比其他神將都了解昌浩，也最疼愛昌浩。

連這樣的騰蛇都說什麼事也不能為他做，可見，現況就是連騰蛇和晴明也幫不了忙，其他人就更不用說了。

每個人都有種無力感。

小怪沮喪地垂下肩膀，喃喃地說：

「晴明和我都太靠近昌浩了。」

六合不解地微傾著頭，心想這是什麼意思呢？

小怪抬起頭，瞇著眼說：

「晴明和我都很了解昌浩，昌浩也很了解我們，所以彼此什麼都不能說。太過靠近，就不想讓對方看到自己最深、最激情的部分。」

小怪閉目沉思。

五十多年前，他手刃岦齋、差點殺了晴明時，是同袍們制止了無法控制神氣而暴衝的他。

平息狂亂的火焰之後，恢復神智的紅蓮看到沾滿鮮血的雙手，想起自己所做的事，陷入了半瘋狂狀態。

當時，是勾陣甩他的巴掌和怒吼，拉回了他的意識。

自從成為安倍晴明的式神後，原本幾乎沒什麼接觸的同袍們，彼此關注的機會逐漸增加了。儘管如此，他還是不親近任何人。

神將勾陣也是兇將，僅次於最強的騰蛇。其他人都做不到的事，她就有可能做得到。

所以紅蓮這麼告訴勾陣。情緒激動的他，沒有痛哭，而是大吼大叫。

如果、如果再發生這種事，妳一定要阻止我。

——要是阻止不了，就殺了我……！

紅蓮知道，當時可以對勾陣說這種話，是因為他們還不算太親近。

全世界只有十二人的同袍，他們的存在對彼此來說，相當於自己的生命。

紅蓮的託付太過殘酷。勾陣會接受這樣的託付，是因為她知道不這麼做的話，紅蓮會完全崩潰。

現在大概說不出口了。

不只對勾陣，應該是對所有人都說不出口了。同袍們的存在，比以前更深入彼此的心中，值得珍惜的東西也愈來愈多了。

以前不知道什麼是孤獨，知道以後，變得脆弱許多。

然而，也得到了想保護所愛的人的堅強，這是孤獨時絕對得不到的東西。

不知道恐懼的人，或許十分強悍，但那是不堪一擊的強，騰蛇希望昌浩也能察覺這樣的事實。

這種事無法聽誰說，只能靠自己去體會、去掌握。

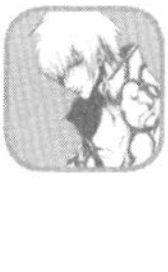

「……」

嘆息著的小怪，忽然眨眨眼睛，抬起頭。

六合也轉過身去。

兩名神將拉開木門走到外廊上，注視著安倍家東北方的森林。

「結界……」

六合低喃著。

強韌的結界瞬間覆蓋了隱藏龍穴的森林。

安倍家早有晴明佈設的結界，一時出現破綻的地方，也被冥官修好了，已經恢復原狀，不可能從外面入侵。

可以佈下那種結界的人，只有一個。

「為什麼要佈設結界……」

有個「聲音」在疑惑的兩人耳邊響起。

小怪抖動白色耳朵，半瞇起眼睛，用右前腳搔搔耳朵下方。

下著雨，它實在很不想去，可是不去不行。

它嘆口氣，抬頭對六合說：

「我去看看。」

「好。」

「昌浩要去陰陽寮時，你先跟他去，我隨後趕到。」

六合點點頭就隱形了。

小怪嘆著氣關上木門，跳下庭院。

小怪不費吹灰之力，就穿過了環繞著森林的結界。

蒼鬱茂密的森林裡有點陰暗。小怪想起以前聽說過，成親小的時候，曾經闖入這片森林，掉進了洞穴裡。

一個不滿十歲的小孩，竟然敢在這麼茂密的森林裡到處亂跑。

藤蔓和草木濃密到教人受不了，撥開草叢前進的小怪，逐漸失去了耐性。

它嘆口氣，恢復了原貌，這裡覆蓋著最強的結界，不用擔心自己的神氣會外洩。

往森林深處走去的紅蓮，看到一棵樹幹特別粗的大樹矗立在森林中心附近，自己的同袍就站在那棵大樹的樹根旁。

被樹葉擋掉了大半的雨只答答地滴下幾滴，也被神氣彈開了。

「難得你會來這裡。」

轉向紅蓮的同袍閉著眼睛，他很少張開眼睛。

「是騰蛇啊……六合呢？」

神將天空嚴肅地詢問，手中的枴杖抵在龍穴的蓋子上。

「他在晴明和昌浩身旁，這邊我來就夠了吧？」

紅蓮走到天空身旁，彎下腰來俯瞰龍穴。

「這就是龍穴啊……有多深？」

「不知道，我沒下去過，晴明也說不知道。」

「沒想到不只晴明，連你都不知道。」

紅蓮的反應看起來真的很驚訝，統率十二神將的老人滿臉笑容地說：

「我很少來人界，怎麼會知道呢？倒是你，經常待在人界，應該比我清楚吧？」

吃吃笑著的天空把枴杖指向龍穴，又接著說：

「注入了我們同袍神氣的鋼球，聽說就收藏在洞穴裡的最深處。」

愁眉不展的紅蓮注視著龍穴，喃喃地說：

「我看不是收藏，是直接扔下去了吧……」

又小又圓的鋼球，不必特地往下爬，直接扔就會滾下去了吧？

那個男人性格超爛，氣勢凌人又傲慢，紅蓮才不相信他會自己爬下這個不知道有多深的洞穴。

像他那種人，一定會把這附近的小妖們抓來，威脅它們說，不幫他把東西拿到最下面的話，就殺了它們，然後一腳把它們踹下去。

聽到紅蓮這樣的說法，天空沉默了好一會。

「還真不知道怎麼反駁你呢……」

「看吧！」

統率十二神將的天空與號稱十二神將中最強的紅蓮，都低頭觀察著龍穴的模樣。

可以感覺到，在深不可測的地方，隱約飄蕩著同袍們的神氣。

「龍脈怎麼樣了？」

「現在平靜下來了，可見以五行的力量來鎮壓是對的。」

話是沒錯，可是因此而採取的手段大有問題。

紅蓮瞪著龍穴時，聽見天空低沉的聲音說：

「聽說晴明明天出發。」

「是的，彰子也一起去。」

「晴明不在時，我必須守護圍繞著這片土地的結界。在他回到京城之前，我都會留在這裡。」

紅蓮難以置信地張大了眼睛。

「你會留在人界？」

他說完，忽然想起了另一件事。

「對了，勾他們怎麼樣了？稍微復元了嗎？」

天空默默搖搖頭。

紅蓮嘆口氣，心想果然不是幾天就能復元。

他原本希望，除了六合與太陰之外，最好還能多一個神明陪晴明去伊勢。

「青龍很想跟晴明一起去，可是他那樣子，恐怕……」

「我想也是，現在他一定氣瘋了吧？」

天空隔了很久都沒回應。

紅蓮訝異地抬起頭，看著老人。

「天空？」

神將天空慢慢地伸出了左手。
手上的東西很熟悉。
紅蓮瞠目結舌。
「這是……」
「勾陣交給我的。」
「勾？」
天空手上的東西，是勾陣的兩把筆架叉之一。
紅蓮接過武器，仔細端詳。
「她說，要你替動彈不得的她帶著。」
「為什麼？」
天空淡淡地回答滿臉疑問的紅蓮：
「她說如果遇到冥官，什麼都不用說，直接一刀把他砍了。」
紅蓮不由得盯著天上看，然後瞥一眼筆架叉，再把視線拉回到老人身上。
天空沒再說什麼。
紅蓮大約知道他在想什麼，低頭看著龍穴說：

「我是不是最好去看看她？」

「方便的話。」

「她很生氣？」

「從來沒有這麼生氣過。」

「這樣啊……」

號稱十二神將第二兇將的勾陣，生起氣來，連天空都有些畏懼，所以逃到人界來避難了嗎？

沒想到勾陣也會氣成這樣。

「我先收下了。」

不過，他總覺得，自己遇到冥官的機率不高，倒是勾陣比較有可能在復元後，自己去找那傢伙復仇。

紅蓮搖頭嘆口氣，撥起額前的頭髮。天空嚴肅地問他：

「聽說昌浩面臨了危機？」

他抖動一下肩膀，轉頭看著老邁模樣的同袍，默默地點點頭。

天空把另一隻手也疊放在枴杖上，嘆了一口氣。

「要讓傷口癒合才行。」

是勾陣把昌浩的危機告訴了天空，讓他想起了五十多年前的事。

「就像當時的晴明，和當時的你。」

「我……」

忽然，紅蓮撇過臉去。

不是身體，而是心受到重傷的紅蓮，是如何走過來的？

「我以為傷口這種東西，總有一天會痊癒，沒想到放著不管，並不會自然消失。」

事實是，自以為忘了，但是一被搖晃，那種痛楚又會甦醒過來。被風音再度挖開的傷口，到現在還會帶給他痛楚與折磨。

「我花了很長的時間，才能面對傷口，他才剛開始呢！」

不過，紅蓮擁有無限的時間，可以從容不迫地應對。

而昌浩的生命短暫，眨眼就過去了，所以，紅蓮希望可以替他消除痛楚，讓他少受點苦。

但是實際上，希望歸希望，紅蓮什麼也不能做。

「我們是那麼無力，既沒有人類的堅強，也不能為人類做些什麼，只能陪在他們身旁。」紅蓮自嘲地說。

天空鄭重地回應他：

「然而這也是最重要的事，你自己應該最清楚吧？」

難過的時候，最希望有人陪在身旁，有人可以聽自己傾訴。

紅蓮握緊筆架叉，點點頭說：

「嗯，沒錯。」

雨聲繚繞。

跟昌浩一樣，紅蓮的腦海中也有不時閃過的景象。

在深雪堆積的出雲山中，紛紛飄落的雪花，沾滿雙手的鮮血。

「關於這場雨，我和昌浩什麼忙也幫不上，只能交給晴明處理，想來就氣。」

「那也是沒辦法的事。至於龍脈，我就盡我的力量吧！」

被注入鋼球裡的力量並不是取之不絕，總有一天會耗盡。到時候，冥官可不會再出手相助了。

而且，他們也不想再欠他人情了。

「必要時，可能要借用你的力量，騰蛇，你要作好心理準備。」

「知道了。」

紅蓮的神氣最強也最大，刻意把他排除在外，選擇了火將朱雀，多少有點保留王牌的意味。

夜愈來愈深了。

紅蓮與天空告別，離開了那裡。

撥開草叢前進，快穿出森林時，他就變回了小怪的模樣。

豁然開朗的視野浮現出籠罩在煙雨之中的安倍家。

小怪停下腳步，眺望昌浩住的屋子。

痛苦掙扎中的昌浩的身影，與五十多年前的自己重疊了。

如何跨越那樣的痛苦，不是言語可以說清楚的。

但是，自己都走過來了。

紅蓮相信——

相信那孩子的可能性，相信他的強韌，相信他靈魂的光輝。

不是戰鬥時的強悍，而是不管發生什麼事，都能再站起來的強韌。

傷得愈重，就愈容易崩潰，這種事紅蓮比誰都清楚。

同時他也更清楚，只有從那裡爬起來的人，才能擁有某些東西。
受傷後，再從那裡重新站起來，就會變強。
這才是昌浩追求的目標。

6

提前向晴明道別後，昌浩做好出門準備就離開了房間。

「咦？小怪呢？」

就在他四處張望時，六合的神氣出現了。

《它說它會隨後趕來。》

「是嗎？那就好。」

穿上鞋子，正在穿蓑衣時，彰子走過來了。

「要出門了嗎？」

面對微笑的彰子，昌浩也回以僵硬的笑容。

「嗯……今天值夜班，所以明天下午才能回家。」

彰子的眼皮抖動了一下。

「那麼……現在就要說再見了。」

出發時間是明天一大早，等昌浩回到家時，自己已經不在了。

「要注意身體，努力工作哦！」

「嗯……彰子，妳也是，一路小心。不過有爺爺在，應該不用擔心。」

彰子點點頭，很擔心自己笑得夠不夠自然？表情有沒有變得扭曲？

她希望昌浩可以記住自己的笑容。

看著微笑的彰子，昌浩忽然像想起什麼似的，摸摸胸口，從衣服下面拉出了掛在脖子上的香包和道反勾玉。

他取下香包，遞給彰子。

「護身符。」

「可是……」

「我也希望妳能把妳的香包給我。」

彰子屏住呼吸，取下掛在脖子上的香包。

交換了彼此的香包後，昌浩把香包掛在自己的脖子上。

看到彰子左手腕上的飾物，他瞇起眼睛說：

「彰子，有爺爺陪在妳身邊，妳不會有事的。」

「嗯……」

「我走了。」

昌浩轉身離開。

彰子注視著離去的昌浩，眼睛眨都沒眨一下。

那逐漸遠去的背影，那穿著蓑衣走向雨中的身影，她不知道目送過幾回了。

彰子癱坐了下來，好久好久，都無法從那裡走開。

＊ ＊ ＊

一整晚輾轉難眠的彰子，比平常早起床。

雨聲不絕於耳。天都亮了，屋內卻還有些陰暗，甚至有些冰冷。

吃完早餐後，她就做好了隨時可以出發的準備。

來接他們的牛車在卯時快結束時到達了。

搭乘比較不引人注目的牛車來的人，是大中臣春清。

「那麼，我走了。」

晴明向送行的吉昌和露樹交代一些事情後，走出了大門，正指示隨從幫晴明撐傘的春清忽然發現少了一個人。

「咦，小姐呢……？」

吉昌和露樹正要去叫人時，彰子從南棟建築小跑步出來了。

「對不起。」

「啊，沒關係，我們走吧！」

彰子轉過身，向吉昌他們一鞠躬，夫妻兩人都默默地點頭與她告別。

晴明、彰子和春清坐上車後，牛車就開始前進了。

「我已經安排好，讓小姐跟公主一起搭轎子，所以請放心。」

彰子嫻靜地點點頭。

「晴明大人，可以的話，想請你騎馬去……」

聽到春清這麼說，晴明低哼了幾聲。要騎也是可以騎，可是一路騎到伊勢，恐怕這身老骨頭全散了。

「騎馬應該會比走路輕鬆，請忍耐一下。」

「也只好這樣了。」

晴明嘆息的語調讓彰子噗哧笑了起來，晴明臉上也浮現苦笑。

伊勢的神祇少佑轉向彰子說：

「小姐，該怎麼稱呼妳？」

晴明替彰子回答：

「藤花小姐。」

「哦，藤花小姐嗎？」

彰子輕輕低下了頭。

為了預防萬一，晴明把施過咒文的勾玉交給了彰子。這個法術，可以讓彰子的面貌看起來跟真正的長相不一樣。

容貌沒辦法改變，但是，人的記憶其實並不準確，所以應該不會暴露她的身分。

「對了，公主一行人……」

晴明與春清討論起今後的事。

為了不打擾他們，彰子退到後面，漫不經心地望向簾外。

後車簾搖晃著。從烏雲滴落下來的雨水，模糊了視野。

正望著安倍家方向的彰子，看到車體與車簾之間的縫隙出現一輛牛車。

她驚訝地盯著牛車看。

短車轅的妖車把側面轉向她，下面並排著三隻小妖。

她屏氣凝神地看著它們。

「……」

車之輔搖晃著前後車簾，在車體下躲雨的小妖們也對她揮著手。

雨聲加上車輪聲，根本聽不見它們在講什麼，但彰子知道它們想要說什麼。

「……」

她拉開簾子，稍微露出臉來，她知道小妖們都看見了。

飄浮在車輪中央的可怕臉龐淚如泉湧。

小妖們揮手揮得更用力了。

彰子面露微笑，壓抑著湧上心頭的激動，看著它們的身影逐漸在雨中變得模糊，最後融入了雨中。

抬頭看著天空的昌浩，聽到鐘鼓聲響起。

到未時了。

天色有比黎明時亮一些，但烏雲覆蓋的天空還是昏暗不明。

鐘鼓聲在下個不停的雨中響徹天際。

他們說一大早就要出發了。當辰時的鐘鼓聲響起時，昌浩停下手邊的工作，抬頭仰望東方天空。

越過環繞京城的連綿群山，就可以看到琵琶湖。聽說他們是走齋王群行的路線，那麼，說不定可以沿途欣賞琵琶湖。

彰子從來沒有離開過京城。儘管昌浩自己也沒有看過琵琶湖，但是他知道，大津市還有許多信徒會去參拜的石山寺、關寺，所以旅途應該不會太艱辛。

比較讓人擔心的是，道路會因為下雨而變得泥濘難行。

昌浩嘆口氣，把抄寫完的紙張疊整齊。

在旁邊縮成一團的小怪抖抖耳朵，站了起來。

「快做完了嗎？」

「嗯，把這個收起來以後，再寫完日報就結束了。」

將紙張放到固定位置，再製作日報上呈給陰陽博士之後，昌浩就離開了陰陽寮。

雨還是下個不停，路很不好走，坐在昌浩肩上的小怪緊緊攀住他的肩膀，以免滑落下去。

「小怪，你自己走嘛！」

「我不想被泥巴沾得全身髒兮兮的。」

看到小怪不開心的樣子，昌浩無奈地聳了聳肩。

回到安倍家時，已經快未時半了。

昌浩對停在門前的車之輔說：「我回來了。」妖車露出了有話要說的表情，但是小怪對它搖搖頭，它便悄悄降下了車轅，顯得有點沮喪。

「車之輔好像不太有精神呢！」

昌浩擔心地皺起眉頭，小怪甩甩尾巴說：

「因為雨下成這樣，它不能做最喜歡的散步，還要老待在安倍家門前，渾身不自在。」

昌浩微微一笑說：

「幹嘛在意這種事呢？」

走進泥地的玄關，就看到露樹替他備好的毛巾。

「我回來了。」

他一出聲，正在做家事的母親就出來了。

「回來了啊？昌浩，趕快去換衣服。」

他將蓑衣掛在柱子上，擦乾淋濕的臉和手、腳，把毛巾交給母親，回到房間後，立刻打開窗戶讓空氣流通。

雖然濕氣也會進來，但是昌浩很想吹吹風。

他脫下淋濕的直衣和狩袴，換上狩衣，再把濕衣服拿去母親那裡。

明天跟平常一樣，早上就要去陰陽寮。

昌浩嘆口氣，覺得有點累。

不經意地環視周遭的視線，忽然停在某個地方。

矮桌旁的式盤前，擺著一疊他沒見過的衣服。

「……？」

昌浩蹲下來，拿起衣服，心想可能是母親替他做的新衣。

但是，看著看著，他發現衣服雖然縫得精細，卻有些微不整齊的針腳，看起來很眼熟。

他瞬間屏住了呼吸。

摺疊整齊的三件狩衣都偏深色調，布料摸起來有點硬，顯然是全新的。

「唔……！」

他緊緊抓住衣服，擁入懷中，咬住了嘴唇。

因為昌浩動不動就弄破衣服，所以彰子總是默默地替他修補。

夏天，昌浩從出雲回來時，發現塞進櫃子裡的衣服都修補過了，他既驚訝又覺得不好意思，但也有點開心。

彰子總是隨時關心著他，卻什麼也不說。

昌浩已經深深體會到，自己保護不了她。

然而，無法消除彰子的詛咒，他並不懊惱。

雨聲傳入耳中，那平靜的聲音擾亂著他的心，一發不可收拾。

他覺得自己太過脆弱了，要變得強悍，才能待在彰子身旁。他必須變強，變得更強、更強。

心在胸口撲通撲通狂跳著，灰白色火焰也在體內深處燃燒搖曳著。

再這樣下去不行。

要變得更強、更強。

然而，卻有人在心中深處叫喊著。

痛啊！痛啊！

不，不可能有任何疼痛，自己哪裡都沒受傷。

被刺一刀受了傷的人，不是自己而是她。

沒時間管什麼疼痛了，自己必須擁有保護她的力量才行。

心跳加速，有什麼東西在他心底深處不停地顫動著。如果因此分心，就無法前進。

愈是想變強，心底深處的某種東西就愈是揭露他的脆弱。

既然……

火焰在昌浩眼底搖曳著。

既然脆弱是來自於「心」，那麼，是不是也要把心剷除呢？

這時候，不絕於耳的雨聲與那個男人的聲音重疊了。

——可別沉淪了。

到底沉淪至何處呢？

小怪沒有進昌浩的房間，就那樣靠牆站著。

伸出後腳的模樣，像是一隻迷糊的小動物。

用右前腳搔搔頭後，小怪打起精神，振奮起來，大搖大擺地進入房內。

昌浩正低頭看著手上的衣服。

夕陽色眼眸變得陰沉。

昌浩的背上浮現出灰白色火焰，這是他的心被無法壓抑的情感擾亂時產生的幻影。他本人當然沒有自覺，如果有，幻影就不會這麼強烈。

道反勾玉是用來預防昌浩體內的天狐之血失控。若是沒有勾玉，他現在就會痛苦得滿地翻滾。

小怪沒見過昌浩手中的衣服。回想起來，彰子在出發前幾天，好像都關在房間裡沒出來。

稍微靠近摺疊的衣服，仔細一看，可以確定有些不整齊的針腳是出自彰子的手。她從東三条府搬來安倍家後，露樹教她學會了縫衣服。

她每天都很努力地學，希望可以縫得又快又漂亮。

小怪露出一絲微笑，心想，彰子竟然可以在那麼短的時間內完成三件衣服，可見手藝大有進步。

如果這麼親口告訴她的話，她一定會開心得眉飛色舞，然後說下次要把針腳縫得更整齊才行，衣服不只要好穿，還要好看。

彰子會這麼努力，主要是因為不想成為昌浩的絆腳石。但也因為這樣，昌浩獲救過好幾次，也嘗到了幸福的滋味。

彰子可能不知道，她的心帶給昌浩多大的慰藉，遠超過她自己的想像。

大家都以為她知道，所以沒有人發現她陷入了那樣的窘境。

小怪輕聲嘆息，正要出聲叫昌浩時，聽到開門的聲音。

豎起耳朵的小怪轉身望向玄關。露樹正帶著一個人從走廊往這裡走來，小怪驚訝地眨了眨眼睛。

「行成……？」

昌浩抖動一下肩膀，緩緩地抬起頭來。

「行成大人？」

昌浩把衣服移到角落，就在他回過頭的同時，聽見了母親的聲音。

「昌浩，藤原行成大人來找你。行成大人，請進。」

木門被拉開，出現了藤原行成的身影。

「昌浩，突然來找你，打擾了。」

「不會……啊！請坐、請坐。」

慌慌張張地請行成坐下後，昌浩才赫然想到書籍、卷軸散落一地，開始手忙腳亂地整理起來。

小怪很想幫他，可是行成沒有靈視能力，如果看到書籍自己動起來，大概會嚇壞吧！

昌浩瞥一眼移到板窗附近坐下來的小怪，不再試圖掩飾什麼，只是把看到的東西隨手收起來。

「沒有先通知就來找你，真的很對不起。」

在坐墊坐下來的行成一開口就先道歉。

「千萬不要這麼說……呃，您是來……」

看到昌浩無精打采的樣子，行成不知道聯想到什麼，正經八百地說：

「晴明和借住府上的小姐去伊勢，想必給安倍家所有人帶來了壓力。」

「……」

昌浩低下了頭，他實在說不出「沒有這種事」之類的話。

「老實說，今天我去臨時寢宮晉見皇上時，談到了這件事。」

當今皇上很擔心公主的安危，左大臣費盡唇舌為他打氣，他的心情還是好不起來。

小怪滿心疑惑，不知道行成到底來做什麼。

昌浩的心情也跟小怪一樣。行成的工作已經夠忙了，現在賀茂川又因為久雨潰堤，按理說，他應該沒有閒情在這種地方說話。

大概是這些想法都寫在昌浩臉上，行成停頓一下，嘆口氣又接著說：

「淨說這些開場白也沒什麼用……老實說，皇上私下頒佈了聖旨。」

「咦……？」

行成從懷裡拿出包在油紙裡的信件，交給驚訝的昌浩。

「形式上，應該會由左大臣下令，但是我希望你知道，實際上是皇上的意思。」

信封上的收信人，寫的是一大早就已經出門的晴明。

「皇上命令陰陽寮的天文生安倍昌親和直丁安倍昌浩兩人去伊勢。」

「什麼？」

叫出聲來的是小怪，昌浩驚訝得一句話都說不出來。

行成淡淡地對屏氣凝神的昌浩說：

「我來這裡之前，已經去陰陽寮把這件事告訴了吉昌和昌親。我想事情來得太突然，你也需要時間準備，就直接來找你了。」

昌浩懷疑自己的耳朵，喉嚨乾渴燥熱。

他使盡力氣，好不容易才擠出聲音來。

「為……為什麼？怎麼會突然……」

面對掩不住驚慌的昌浩，行成表情複雜，似乎在思索著該怎麼說才好。好一會之後，他深深嘆口氣，突然低頭致歉。

「對不起，都怪我不好。」

「咦……？」

昌浩張口結舌，小怪跑到他身旁大叫：

「喂，行成，這是怎麼回事？你快說啊！快說就是啦，說完再道歉嘛！」

直直站立的小怪一口氣把話說完，但是行成當然聽不見它的聲音，只有昌浩聽得見，他的想法也跟小怪一樣。

行成抬起頭，滿臉歉意地皺著眉頭說：

「事情是這樣的……因為皇上太擔心公主，左大臣就對皇上說，有晴明和府上小姐陪伴，大可放心。」

左大臣這麼說可以理解，因為除此之外，他沒有其他話可說。

「這時候，我不小心說溜了嘴。」

「說了什麼？」

「我說……」行成看著滿臉疑惑的昌浩，猶豫了大半天才開口說：「我說那位小姐是昌浩的未婚妻。」

一時之間，昌浩和小怪都反應不過來行成在說什麼。

「啊……？」

行成的視線飄忽不定，誠惶誠恐地說：

「對不起，真的很抱歉，我答應過不告訴任何人的。」

昌浩覺得腦中一片混亂。未婚妻？他實在想不通，為什麼會在那種狀況下提起這件事。

全身僵硬的昌浩好半天說不出話來，在他身旁的小怪也目瞪口呆。

過了好一會，勉強從衝擊中振作起來的昌浩結結巴巴地說：

「怎……怎麼會……提起這件事……」

而且還是跟皇上說。皇上根本不可能認識陰陽寮的一個小小直丁，就算在記憶角落裡有那麼一點印象，也只是大陰陽師安倍晴明的小孫子、陰陽博士的姪子，或是天文博士的小兒子。

以精明能幹聞名的藏人頭，露出在部下面前從未有過的苦惱表情說：

「唉！說來話長……」

7

◇　◇　◇

行成一大早就趕到臨時寢宮，一如往常做完例行報告。除了左大臣藤原道長外，還有幾位公卿貴族們在場。

朝廷會議結束後，只有道長和行成留下來。

侍女們也被皇上遣開，三人的話題自然轉向了內親王赴伊勢的事。

行成的部下來報告過，公主一行人平安離開了賀茂的齋院，在逢坂山關口與一大早出發的晴明等人會合了。

聽到這個消息，皇上和左大臣都鬆了一口氣。越過逢坂山，就是通往大津市、琵琶湖的道路。

公主沒有離開過京城，第一次出遠門就是為了這種事，所以皇上說希望起碼旅途能夠平順。

左大臣聽完便回皇上說，有曠世大陰陽師陪同，不用擔心。

「說得也是……有晴明和他的遠親小姐陪伴，公主應該不會寂寞。」

「皇上所言甚是。」

行成看到左大臣臉上的陰霾，有些疑惑，但還是開口鼓勵皇上說：

「晴明的能力，想必皇上也非常清楚。再說，那位小姐不久後就會成為安倍家真正的一分子，所以更值得信賴。」

這時候，左大臣一臉訝異地轉向行成，神情茫然地問：

「行成……你剛才說什麼？」

被左大臣這麼一問，行成才察覺自己的失言，但是說出去的話，已經收不回來了。

他答應過不說出去，所以儘可能不想觸及詳細內容，然而不只左大臣，連皇上都打破砂鍋問到底，行成只好一五一十地說出來。

「其實……那位小姐是晴明大人的小孫子，也就是天文博士安倍吉昌大人的小兒子昌浩的未婚妻。」

「什麼……?!」

叫出聲來的是竹簾後面的皇上，左大臣目瞪口呆，啞然無言。

「為則參議的女婿曆表博士安倍成親大人說，因為他們還沒有正式結為夫妻，所以拜託我不要把這件事說出去，我卻不小心……」

在心裡不斷向成親和昌浩道歉的行成，聽到左大臣的喃喃低語：

「這是……真的嗎？」

「是的。」行成點點頭，忽然沉下臉說：「晴明大人也年過八十了，也許應該派人……譬如吉昌大人的其中一位兒子去協助他……」

伊勢很遠，又是不熟悉的地方，難免會有種種不方便。

向來設想周到的行成，這次因為事發突然，太過倉卒，直到現在才想起來。

正思索著什麼的皇上闔起扇子說：

「不，現在派人去也不遲。」

「皇上？」

端坐在竹簾後的皇上頻頻點著頭，對驚訝的行成說：

「沒錯，多幾個陰陽師去更好，對晴明有利，就等於是對公主有利，對吧？左大臣。」

沉默不語的左大臣表情出奇地僵硬，點了點頭說：

「是……」

全國最高位的年輕人將扇子往掌心一拍說：

「左大臣，馬上命令陰陽頭，派那個……晴明的孫子去伊勢。」

「啊？可是，皇上……」

道長還想說什麼，皇上打斷他說：

「既然是未婚妻，讓他們分隔兩地太殘忍了……是我要求那位小姐去伊勢的，所以我希望起碼可以為她做到這件事。」

「那麼……就遵從皇上的指示。」

道長一鞠躬，退出臨時寢宮，去做皇上交辦的事。

藤原行成帶著左大臣寫給晴明述說事情經過的信件，先去找陰陽寮的陰陽頭及陰陽博士，命令他們做人事調整。

◇　◇　◇

「吉昌大人怕你一個人去，萬一發生什麼事時，沒有人可商量，最後決定讓昌親大人陪你一起去。」

成親聽說這件事，自告奮勇要陪昌浩去，可是因為不知道多久才能回來，所以被上面駁回了。

陰陽寮長也指示，既然要找人陪，最好是找有血緣關係的人，就這樣選上了昌浩的二哥昌親。

「昌親大人接到命令後，就把工作交接給其他人，離開了陰陽寮。明天早上就要出發了……昌浩，你可以吧？」

行成擔心地問。

臉色逐漸由青轉白的昌浩猛然回過神來，點了點頭。

「可、可以……只是太突然了，有點驚訝……」

「真的很抱歉，既然是聖旨，就不能拒絕。你不在的這段期間，我會派其他人接你的工作。敏次聽說是左大臣大人的命令，也充滿了幹勁呢！」

晴明去伊勢的事已經傳遍了陰陽寮，由於是神祇官的委託，所以陰陽寮的人都有佔上風的感覺。

「事情就是這樣，沒剩多少時間了，很抱歉，要麻煩你趕快整理行囊，跟昌親一起追上公主一行人，盡快與他們會合。」

「是、是。」

昌浩回應後，忽然覺得納悶。

「呃，行成大人，為什麼……您會認為我知道這件事呢？」

公主去伊勢這件事是最高機密。昌浩雖然是晴明的親人，但不知道的可能性還是比較大。

行成笑著說：

「我問過晴明會不會告訴你，他說他打算告訴你。」

他還說昌浩的口風很緊，絕對不會說出去，所以他會據實以告。

昌浩低頭看著地面。他一直不太確定祖父對自己的看法，現在才知道，原來是這樣。

行成拍拍昌浩的肩膀，不好意思地苦笑起來。

「由於我的失言，把事情搞成這樣，我真的覺得很抱歉……但是，我還是要拜託你，好好保護公主。」

行成的眼神好認真，認真得讓人感動。

昌浩用力點著頭說：

「是……」

行成安下心來，「呼～」地鬆口氣，將手中的信件交給昌浩。

「見到晴明之後，請把這封信交給他。這是左大臣寫的信，要不然你們突然出現，晴明一定會大吃一驚。」

「是，您說得沒錯，我知道了。」

行成交代完這件事，就匆匆忙忙地趕回去了。看樣子，他是從繁忙的公務中勉強抽出時間來的。

送行成到門口的昌浩喃喃唸著：

「去伊勢……」

腳邊的小怪默默抬頭看著他。

昌浩仰望著天空。

他就要去伊勢、去彰子那裡了。

見到彰子時，他該露出什麼樣的表情呢？

雨不停地下著，雨聲在體內深處響著。

原本不知道什麼時候才能再見到她，現在知道了，心情卻更加沉重了。

※ ※ ※

嘩啦，嘩啦。

嘩啦，嘩啦。

波浪聲縈繞。

「內親王脩子出發了嗎？」

看著玉依公主背影的齋，向益荒確認。益荒嚴謹地回答：

「聽說已經越過逢坂山，進入大津了。」

「琵琶湖啊……度會的刺客呢？」

「聽說虛空眾的偵察斥候已經掌握到了他們的行蹤。」

齋咬住嘴唇，不甘心被搶先了一步。

「益荒，你不用管我，馬上趕去脩子那裡，以免她被度會的人搶走。」

益荒搖搖頭說：

「不可以，我必須保護妳，齋小姐，除非主人命令我去。」

齋握起了拳頭。

「我會向神道歉，你快去！」

響起喀喀的腳步聲。

齋和益荒都赫然轉過頭去。

有兩個人從銜接祭壇大廳的石階下來了。

拿著火把的是度會潮彌，另一個是禎壬。

走到篝火前的兩人，注視著動也不動地祈禱著的玉依公主。

「她要這樣祈禱到什麼時候？」

齋冷冷地回答老人說：

「這件事與你們無關吧？你最好不要打擾公主祈禱，趕快離開，度會禎壬。」

傲慢的語氣惹惱了潮彌，他伸手去抓女孩的衣服前襟。

但是，伸出去的手被從一旁竄出來的手抓住，反扭過去。

一陣劇痛讓潮彌發出慘叫聲，手上的火把掉到地上。

「放、放開我……！」

益荒冷冷地對急出一身汗的潮彌說：

「不要用你的髒手碰齋小姐。」

潮彌痛得連呻吟聲都發不出來，如果再用力扭一點，被抓住的手恐怕就會骨頭碎裂了。

「益荒，算了。」

益荒聽從齋的指示，默默放開了潮彌。

潮彌按著右手，差點不能呼吸。

一直在旁邊靜觀的老人禎壬面不改色地淡淡下令：

「潮彌，你回去祭壇大廳。」

「度會大人?!可是……」

禎壬指著石階，又對搖搖晃晃站起來的潮彌說：

「回去，我有話跟這女孩說。」

齋豎起了眉毛，但不知道為什麼，沒有反抗的意思。

潮彌猶豫了一下，感覺到益荒無言的威嚇，才垂頭喪氣地離開，火把的火焰逐漸消失，最後完全看不見了。

意。

禎壬確定他已經離開後，轉向了齋，站在齋身旁的益荒毫不掩飾自己對禎壬的敵意。

「玉依公主要這樣祈禱到什麼時候？」

這是他第二次問了，齋沒有回答，老人又接著說：

「妳這個當不了物忌又全身罪虐的私生子，要在這裡待到什麼時候？」

女孩的肩膀微微顫抖著，禎壬冷漠地低頭看著她。

「我們的玉依公主已經聽不到神的聲音了吧？」

齋瞪著老人說：

「不，公主還清清楚楚聽得到我們主人的話。」

「那麼，」禎壬的眼眸閃過厲光。「這場雨為什麼下個不停？如果妳是真的物忌，應該可以代替公主回答，說吧！」

齋懊惱地咬住下唇，禎壬撇嘴一笑說：

「怎麼了？什麼也說不出來嗎？我想也是，不要忘了，妳根本沒有從事神職的資格，只是靠玉依公主的關係，留在這座神宮當物忌。」

益荒瞪著禎壬，但他絲毫不為所動，還是滔滔不絕地說：

「其他人或許沒有發現，但是我知道，玉依公主已經聽不到神的聲音了。再繼續那樣祈禱，神也收不到！」

齋搖著頭說：

「不、不！沒那種事！我很清楚，公主聽得到神的聲音，現在也把自己完全託付給了神的聲音。」

「不要說謊了，妳不過是個罪人，還敢說這種話！」

益荒向前跨出了一步，禎壬厭惡地瞪了他一眼。

「你想對我怎麼樣嗎？益荒，儘管你是神的手下，也不能那麼做，因為度會氏族也是神的手下。保護、服侍玉依公主，讓她存活下來的是度會氏族，而先踐踏這分功勞與心意的人，卻是公主本人！」

老人的聲音在祭殿大廳迴旋繚繞著。

齋緊抓著衣服，制止了益荒。

「夠了，益荒，你退下。」

「可是……」

女孩搖搖頭說：

「沒關係……禎壬，有件事我要告訴你。」

走到益荒前方的女孩，大義凜然地抬頭望著禎壬。

「不用你說，我也知道我的生命就是罪孽。」

這就是她出生之前就已背負的原罪。

「公主正傾聽著神的聲音、我們主人的聲音，她並沒有失去女巫的能力。雨下個不停，是因為掌管地御柱的神出現了異狀。」

禎壬嚴肅地瞇起了眼睛。

「真是這樣？」

「我對你撒謊有什麼好處？」

「那是玉依公主請神降臨得到的神諭嗎？」

「是的……」

禎壬注視著玉依公主動也不動的背影。

從剛才就不時響起禎壬的怒吼聲。祭殿大廳十分寬敞，連續不斷的雨聲、波浪聲，再加上禎壬的聲音，層層交疊，難免影響到祈禱。

但是，公主文風不動。

難道真如齋所說，她正在傾聽神的聲音，把自己完全託付給了神的聲音？
禎壬不相信是如此。
「五年前……」
齋和益荒都滿臉驚愕，禎壬交互看了他們兩人一眼。
「那時候，我就該把妳逐出這座島了，這樣的話，公主就……！」
強烈的憎恨襲向了齋。如怒濤般的憎恨情感，狠狠撕碎了齋的心。
齋的表情扭曲，再也忍受不了地大叫起來。
「那你當初幹嘛不殺了我？幹嘛不明說，放逐我太便宜我了，要殺了我，才能為我的生命贖罪？」
女孩的悲痛聲音在祭殿大廳回響著。她正要激動地說下去時，益荒從背後默默地抱住了她。
「唔……」
「不要再釋放負面的言靈了，齋小姐。」
益荒的手遮住了女孩的臉，老人看不到她現在是什麼表情。
滿心的憤怒無處發洩，禎壬咂咂舌，轉過身去。

「要是能殺了妳，在妳出生時，我就會把妳殺了，現在我的想法還是沒變……！」

他從篝火中抽出一根木柴，照亮腳下，走上了石階。

益荒擁著齋，直到聽不見腳步聲。

火焰發出嗶嗶剝剝的爆裂聲。

還有波浪聲、雨聲。

不知道這樣過了多久，空氣動了起來。

益荒把手移開，齋看到靜坐不動的玉依公主站起來了。

「公主……」

玉依公主緩緩走向他們，穿過結界，篝火照亮了她的臉。

差不多二十歲的臉，幾乎沒有血色。晶瑩剔透的美貌，看起來毫無生氣，就像做出來的手工藝品。

「玉依公主，主人說了什麼？」

益荒情緒緊繃地問。玉依公主平靜地回答：

「天照的神諭被扭曲了。」

齋和益荒都臉色驟變，玉依公主卻還是淡淡地接著說：

「降臨伊勢的天照大神的神諭，內容被他人更換了。這場雨是違反天意之雨，所謂的『天』，指的並不是『天照』。」

「那麼，公主，『天』是指什麼？」

益荒冷靜地催促公主回答。齋抓住他的手，緊張地等著真相揭曉。

玉依公主面無表情地接著說：

「所謂天，指的是我們的神。我們的神的旨意，無法降臨人心。天照的力量被雨遮擋，無法傳達正確的言靈。」

這時候，響起了地鳴聲。

祭殿大廳微微震動，波浪的聲音也不一樣了。不知道是不是太多心，覺得雨聲好像更響亮了。

玉依公主的眼皮忽然跳了起來。

「不可以……把皇女送去伊勢。」

緩緩轉過身去的玉伊公主，猛地高高舉起了雙手。

「進了伊勢，我們的神就無法展現神威。企圖粉碎地御柱的人，將奪走皇女。」

齋倒抽一口氣，抬頭對益荒說：

「快，益荒，快去脩子那裡！」
「是……！」
猶豫著該不該離開齋身邊的益荒，不得不服從命令。
他正要轉身離開時，玉依公主的言靈傳入耳中。
「有人的心快被黑暗囚困了。」
益荒回頭看著公主。齋疑惑地問：
「心被黑暗……？」
「這樣下去，心會完全被囚困、被奪取，淪為粉碎地御柱的力量。」
齋和益荒都驚愕地倒抽了一口氣。
「那個人是……？」
齋不由得抓住了玉依公主的衣服，益荒悄悄地拉開了她的手。
輕輕地摟住她後，益荒試著從玉依公主口中問出更多言靈。
「有什麼方法可以讓那個人逃脫黑暗的咒縛？」
「把他帶來這裡，神在呼喚他。」
說完這句話，玉依公主就走開了。她慢慢地越過結界，回到原來的地方坐下。

齋注視著她的背影，稚嫩的臉上浮現悲戚的神色。

益荒看著齋，單腳跪了下來。

「齋小姐，禎壬說的話……」

齋打斷益荒的話，搖搖頭說：

「我不在意了……益荒，關於公主收到的神諭，你怎麼想？」

女巫傳達的神諭，必須由審神者來判斷真假，但是齋沒有這種能力。

益荒冷靜地回答：

「是神說的話沒錯。」

齋直視著益荒說：

「那麼，就該遵從神的旨意。還有，把快要被黑暗囚困的人帶來這裡，帶來見公主。」

「齋小姐，我不知道那個人是誰。」

齋一陣愕然，低下了頭。沒錯，益荒沒有這樣的能力。

「我找找看……不知道找不找得出來……」

益荒輕點著頭，撥開齋臉上的頭髮，悄然站起來。

「我會將內親王帶來這裡。」

「不要把她交給伊勢或度會。」

「是。」

就這樣，益荒的身影融入了黑暗中。

齋喘了一口氣。

看著玉伊公主動也不動的背影，她不禁喃喃自語地說：

「現在連那樣的神諭，都要花這麼長的時間了……」

玉依公主還沒有失去她的力量，但是，逐漸減弱也是事實。

即將失去力量，表示她的生命燈火也快熄滅了。當生命走到盡頭時，她的靈魂就會成為支撐地御柱的光芒之一。

齋緊緊握起了拳頭。

「在完全消失之前……」

為了攔住玉依公主所說的人，齋正襟危坐，閉上眼睛入夢，使用夢中脫魂法術。

✖ ✖ ✖

越過逢坂山的一行人，終於進入了大津市。

磯部的人負責抬脩子與彰子乘坐的轎子，兩名侍女一身的壺裝束⑤，再披上蓑衣。其他還有搬運行李的三名隨從、負責戒備的五名武官，以及大中臣春清、磯部守直和安倍晴明。

就只有這些人與內親王同行。

聽說已經有磯部的人先到臨時住所，準備迎接一行人的到來。

山路由於下雨而變得泥濘，本以為會很難走，沒想到不怎麼費力。

其實山路會比想像中好走，是因為安倍晴明下了工夫。

他對人類和馬匹都下了咒語，讓大家的腳不會陷入泥淖裡，並且向山神祈禱旅途平安，請求神明的協助。為了謹慎起見，出發前也去祈求過貴船祭神，可能是因為這樣，山神才會答應協助這一行人。

眾神應該也希望阻止這場雨，所以，對方既然是天照大御神召喚的內親王，當然沒有理由不協助。

在進入逢坂山前，彰子見到了脩子。

聽說脩子沒有見過藤壺中宮，彰子小小鬆了一口氣。雖然靠晴明的法術蒙蔽了脩子的眼睛，但沒見過更好。

其他人不是走路就是騎馬，只有自己與脩子同乘一頂轎子，讓彰子覺得很過意不去。但是，守直說希望她也能陪脩子聊天，所以她聽話地坐上了轎子。

到處都是雨聲。

打在樹木上的雨聲，聽起來比在京城時強勁。

轎夫們在爬坡時，煞費苦心不讓轎子太過傾斜，彰子邊由衷地感謝他們，邊觀察脩子的模樣。

剛見面時，脩子只對問候自己的彰子靜靜地點個頭而已。坐上轎子前進也有好長一段時間了，年幼的公主都沒開口說話。

彰子一直在思考，這種時候該怎麼做才好呢？

進入大津市後，脩子還是沉默不語。

可能是考慮到舒適性，脩子穿的不是正式禮服，而是一般小孩的衣服，下襬只長到腳踝，露出赤裸發白的腳趾尖。

「公主，您會冷嗎？」

彰子輕聲詢問，脩子受到驚嚇似的看著她。

這樣的反應讓彰子有些詫異，但她還是又問了一次。

「您會冷嗎？我看您的腳都發白了，如果會冷……」

她講到這裡，脩子就搖了搖頭。好一會後，才戰戰兢兢地開口說：

「我不冷……妳呢？」

彰子微微一笑說：

「我也不冷，謝謝您的關心。」

脩子眨了一下眼睛，再往外看了一眼。

兩名壺裝束打扮的侍女緊跟在轎子後面，一個是風音，另一個是阿曇。

在見到彰子前，風音就跟脩子提過彰子的事。她說這次同行的女孩正好借住在晴明家，因此被皇上點名，加入了赴伊勢的行列。

也就是說，她是因為脩子要去伊勢才被迫同行。脩子心想，如果真是這樣，她一定很生氣、很恨自己，所以一直防著她。

但是，看來她並不生氣。

脩子百思不解地問：「妳為什麼不在意呢？」

「在意什麼？」

彰子聽不懂脩子的意思，臉上還是堆滿了笑容。看到她這樣子，脩子更疑惑了。

「伊勢很遠呢！妳根本不想去，只是不得不陪我去，對吧？」

「這個嘛……」

「父親說怕我寂寞，所以要妳陪我去。可是，我不會寂寞，所以妳不必勉強跟我去。」

彰子眨了眨眼睛，她猜公主的意思是，如果她不想去，可以回京城。

她平靜地看著脩子，搖搖頭說：

「不，我要跟公主一起去。」

脩子注視著她好一會後，垂下眼睛說：

「那就好。」

之後，兩人又沉默了好久。

雨繼續下著。幾乎已經聽慣了雨聲，但是一想到正淋著雨的那些人，彰子就覺得不該習以為常。

不知道沉默了多久，脩子才冒出一句話。

「妳住在晴明家？」

「是的。」

彰子點點頭，脩子悄悄看了她一眼。

「會出現妖怪嗎？」

微微張大眼睛的彰子先是苦笑著搖搖頭，後來想了一下，又點點頭。

「會，偶爾會出現。」

「妳不怕嗎？」

彰子緩緩地搖著頭，表示不會。

「一點都不可怕，來安倍家的妖怪們都很溫馴、很好玩。」

——小姐、小姐！

——喂、喂，一起玩吧！

——喲，今天在替孫子做衣服啊？做得愈來愈好了呢……

「會調皮搗蛋，但也很親切……」

——跟車說一聲，它就會載妳去很遠的地方哦！

——去市場的話，會提得很重。

——怎麼樣，搭車去不錯吧？

彰子微微瞇起眼睛回想。

牛車妖聽到小妖們那麼說，就驚慌失措地跳起來，嘎噠嘎噠地搖晃車體。

「還有看起來有點可怕，其實很和善的車妖……」

看著邊笑邊說的彰子，脩子不由得心頭一震。

因為眺望著遠方的彰子，淚水從白皙的臉頰滑落下來。

「他答應過，總有一天會帶我去貴船……」

——明年夏天，我們去看螢火蟲吧……

壓抑不住情緒的彰子雙手掩面哭泣著。

是不是還有那麼一天，可以像那時候一樣，對著彼此微笑呢？

如果有，會是什麼時候呢？

彰子的肩膀顫動著，脩子輕輕撫摸她的手，低聲說：

「對不起……」

彰子搖了搖頭。

不是的，不關脩子的事。但是，彰子知道現在開口，也只能發出哭泣聲，所以什麼也沒說。

「對不起……真的很對不起。」

年幼的公主，一次又一次對流淚的彰子道歉。

小怪的陰陽講座

⑤從平安時代到鎌倉時代，中等階級婦女徒步遠行時所穿的衣服由於腰部比較寬、下襬比較窄，所以稱為「壺裝束」。

8

行成說明天一大早出發，害得昌浩坐立難安，已經等不及了。

可是，他必須跟昌親一起去，不能自己擅自行動。

一直睡不著的他在床鋪上翻來滾去的。

每翻滾一次，小怪就發牢騷說，再不睡身體會撐不住。

他自己也知道，心卻靜不下來。

撲通撲通的心跳聲在耳中響著。

還有下個不停的雨，也摻雜著心跳聲嗡嗡作響。

有東西在胸口跳動，是不同於心跳的另一種脈動，在心底最深處。每跳動一下，胸口就像被緊緊揪住，會有某種濁黑的液體流遍全身。

好痛、好痛。

有聲音，是雨聲、是脈搏的聲音，還有人在心底深處、在靈魂深處，不停地吶喊的聲音。

有塊大石頭壓在心底深處，身體像鉛般沉重，這樣下去根本動彈不得。

他想變強，變得更堅強、更強悍。這次非徹底保護彰子不可，所以他需要足夠的力量。

他想得到力量、他需要力量。

有東西在心底深處撲通撲通蠕動著。

某種晦暗的東西正一點一點地擴散開來，淹沒了吶喊的聲音，也蓋住了那裡的所有東西。

明明聽得見怦怦的脈動聲，心卻冰冷得讓人驚訝。

不絕於耳的雨聲，是苛責自己的聲音。

為什麼當時動不了？為什麼保護不了她？不是再三許過承諾嗎？為什麼？

想著想著，他就快被那樣的思緒擊潰了。

撲通撲通，心跳不停地加速。

「……」

喧擾的雨聲掩蓋了所有一切。

——可別沉淪了，安倍昌浩。

那個男人的聲音在耳邊響起。
就在僅存的一點燈火熄滅前，心跳聲逐漸緩和下來。
昌浩不由得鬆了一口氣，像昏迷般墜入了睡眠的深淵。

小怪一直看著昌浩。
確定他已經發出規律的鼾聲後，才放鬆了肩膀。
「那傢伙……」
穿著黑色衣服的身影和嘲諷般的嘴角，在小怪腦海浮現，它不甘心地咂了咂舌。
「八成是在那一瞬間下了咒語。」
夕陽色的眼眸燃起火焰。
那個男人平常不怎麼關注昌浩，會刻意叫喚昌浩的名字，絕對有他的用意。
他曾經說過，獵捕小孩子會有罪惡感。不過，這句話應該不是出自於他的善良，而是真的會有罪惡感，如此而已，他就是這樣的男人。
然而……
小怪懊惱地咬牙切齒，兇狠地瞇起了眼睛。

然而，自己和晴明做不到的事，那個男人卻做到了。針對這件事，必須感謝他才行。

被嚴重的心靈創傷困住，人就會走向黑暗。被戳到痛處，人就會毫無抵抗地墜入黑暗。

對於這種事，小怪再清楚不過了。

昌浩現在正閉著眼睛，站在懸崖絕壁的邊緣，只要隨便向前走一步，就會跌落黑暗的深淵。

昌浩的創傷太嚴重了，嚴重到無法靠自己的力量復原。

晴明或小怪也都沒辦法治療他的傷口。隨便去碰觸的話，很可能治不好傷口，反而讓傷口更加惡化，導致心崩潰。

要擴大傷口真的很容易，只要發動惡意的攻擊就行了。沒有自覺的傷口會因此逐漸擴大，然後，心會在沒有察覺受傷的狀態下，慢慢地習慣疼痛。

心會試著說出自己的疼痛。然而，疼痛感逐漸變得遲鈍了，就聽不見心的傾訴，所以心會引來更強烈的疼痛，希望自己的存在能被認同。

小怪非常了解昌浩現在的心，所以不敢碰觸，因為小怪離昌浩太近，救不了昌浩。

如此無力的自己，讓小怪作嘔。

心浮氣躁的它把下巴放在交叉的前腳上，忽然察覺到一股視線，它轉動脖子，四處張望。

「……？」

安倍家有強韌的結界守護著，沒有人可以入侵。

小怪卻感覺到的確有股視線。

而且，那股視線似曾相識，跟同袍們被擊倒當晚感覺到的視線一樣。

「到底是誰……？」

✖ ✖ ✖

從夢中脫魂術離開的齋，沉著地站起來。

要趕快把結果告訴益荒才行。

正要走上石階時，她回頭看了一眼。

玉依公主還是動也不動地端坐著。

她難過地瞇起眼睛，毅然走上了石階。

✖ ✖ ✖

昌親在卯時快結束時，來到安倍家，立刻跟做好準備等著他來的昌浩一起出發了。

因為時間還早，路上幾乎沒有人。車之輔看到昌浩正要出門，便要求讓它送到中途。

昌浩爽快地答應了，向看到妖車驚訝不已的昌親做了大略的說明。

兩人和小怪上車後，車之輔就奔向了逢坂山關口。

車子響起嘎噠嘎噠的震動聲。

緊緊抓住車上木柱的昌親苦笑著說：

「因為下雨，山路變得泥濘不堪，恐怕很難越過逢坂山吧？」

閃避積水快速奔馳的車之輔，看起來真的很煩惱。

沒多久後，小怪用力吁了一口氣。

「小怪？」

昌浩完全搞不清楚狀況。昌親正好跟他成明顯對比，急忙開口說：

「啊，沒關係，真的不用在意。」

昌浩瞪大了眼睛。

「哥哥，你聽得懂車之輔在說什麼嗎？」

「咦？嗯，大概聽得懂。」

車之輔說，要越過逢坂山的確有些困難。

小怪在張口結舌的昌浩身旁，「嗯～」地點著頭說：

「不愧是吉昌的二兒子。」

「謝謝。」

昌親不禁苦笑起來，心想：應該只有昌浩聽不懂吧！

小怪頂多只會說他是吉昌的二兒子，絕對不會稱他為「晴明的孫子」。

這種事昌親一點也不在乎，所以處之泰然。

昌浩抓著車上的柱子，從前方車簾的縫隙往外看。

煙霧迷濛的山影逐漸呈現在眼前。越過那座山之後，就可以看到琵琶湖了。

昌浩還沒有看過琵琶湖。

他曾經想去大津市看看，沒想到會在這種狀態下成行。

「昌浩。」

聽到叫聲，昌浩轉頭看著哥哥。昌親沉著地看著他說：

「盡量趕沒關係，但不要太過勉強。若是操之過急，就會失去冷靜的判斷力，知道嗎？」

小怪看著昌親，一副有話要說的樣子。

「咦……是，知道了。」

昌浩不太懂這句話的意思，但還是點了點頭。

小怪輕輕嘆了口氣，心想不愧是吉昌的二兒子，而且，的的確確是昌浩的哥哥。

◇　◇　◇

出發第四天的傍晚，內親王脩子一行人來到了垂水的臨時住所。

雨還是繼續下著，但感覺上，雨勢比京城小一點。

進入臨時住所，稍微喘口氣後，晴明表情凝重地看著烏雲。

《怎麼了？晴明。》

在一旁隱形的太陰問。晴明看著天空，低聲說：

「我有點忐忑不安，來的一路上都沒什麼事，可是……」

出發當天早上，他輕微地感覺到什麼，而且隨著時間流逝，那個感覺愈來愈強烈。

磯部守直走向站在屋簷下的晴明。

「晴明大人，怎麼了？」

「沒什麼……我只是在想，最好能這樣順利地進入伊勢。」

守直淡淡一笑說：

「到了這裡，已經離伊勢很近了。明天越過鈴鹿山頭後，就是伊勢了。只要進入伊勢，就沒有人動得了我們。」

晴明覺得這句話聽起來有點奇怪。

「你說沒有人動得了我們……？」

守直點著頭說：

「是的，請放心。」

守直說完，深深一鞠躬，接著走向屋內去看脩子的狀況。

晴明憂慮地瞇起眼睛，看著他離開。

《到底是什麼意思呢？》

隱形的太陰也百思不解。晴明瞥她一眼說：

「妳也覺得有問題？」

《是啊！》

太陰很快地回答後現身了，全身被風纏繞，飄浮在半空中，視線正好與晴明齊高。

「聽他那麼說，好像有什麼人想害我們。他們又趕路趕得這麼急，讓人不得不起疑心。」

「嗯，我也這麼想。」

守直不管三七二十一，就是一直趕路。

可是就算再怎麼趕，轎夫也沒辦法走太快，而且還有兩名徒步的侍女。

風音想加快速度的話，可以在山路上輕盈地奔馳，問題是，總不能讓大家看見她那個樣子。

何況要再加快速度的話，騎馬的晴明也會更勞累。

晴明低聲抱怨說：

「真是的，我還真想乾脆跟彰子和公主搭乘妳的風，一口氣飛到伊勢的齋宮寮呢！」

太陰嘆口氣說：

「你一聲令下，我馬上送你們去。」

晴明扭動脖子，放鬆關節，搖搖頭說：

「不行，我只是說說而已。磯部等神職的人都把公主送到這裡了，現在丟下他們，自己先跑了，我會覺得對不起他們。」

聽到主人這麼說，太陰噗哧笑了起來。

「公主她們怎麼樣了？」

太陰看看屋裡說：

「好像都累壞了，彰子看起來筋疲力盡，公主不但臉色發白，還躺平了。」

晴明露出憂慮的神情。

這種趕路方式，對年幼的她們來說果然太嚴苛了。

「剛才來過的守直，已經下令準備添加藥劑的洗澡水。說真的，最好是讓她們休息一天。」

那是不可能的事，在到達伊勢齋宮寮之前，都不能停下腳步。

「晴明，何不幫她們施個法術？應該會舒服一點。」

晴明點點頭，覺得神將的建議不錯，打算吃完晚餐後就去公主她們的房間一趟。

磯部守直來到垂水臨時住所最裡面的脩子房間。

「公主，您覺得怎麼樣？」

他隔著屏風這麼問，聽見微弱的聲音說：

「我……我還好……」

聲音聽起來卻一點都不好，守直擔心地抬起頭說：

「有沒有需要什麼？我會叫人準備。」

「……」

沒有回應。

一個侍女從屏風後面走出來說：

「公主說現在只想休息，謝謝您的關心。」

面露微笑的侍女目光冰冷，是阿曇。

守直一鞠躬站起來。

「那我稍後再來。」

目送守直離去的阿曇，眼中閃過厲光。

「磯部守直……」

阿曇低聲嘟囔著，雙眼詭異地閃爍著。

就在她望著守直消失的走廊時，有人在她背後懷疑地問：

「阿曇，怎麼了？」

她回過頭，微笑著說：

「沒、沒有什麼，雲居，這裡就交給我吧！妳去休息。」

從屏風後面走出來的風音笑著搖搖頭說：

「謝謝妳的好意，可是公主入睡前，我都會待在這裡，阿曇，妳先去休息吧！」

阿曇瞇起了眼睛。

「那我就先離開一下了。」

她優雅地一鞠躬，回去被分配的房間。

風音呼地吁了口氣。

《那個女人……》

徹底隱藏神氣的六合降落在風音身旁。

風音輕輕地點頭說：

「她對守直大人抱持著敵意。」

守直與阿曇之間的對話情形，風音都在屏風後面看見了。阿曇盯著守直背影的視線，感覺充斥著殺氣。

「彩輝，我總覺得有事會發生。」

六合沒有回應。

「不知道為什麼，我一直覺得有人看著我們。」

不論是白天趕路的時候，或是晚上在臨時住所休息的時候，都覺得有人在監視他們。

《我也是。》

「你也有感覺？」

風音訝異地張大了眼睛。

修長的身影瞬間現形，但很快就消失了。

「我和太陰四下搜查過，什麼也沒發現。不過，的確有感覺到一股視線。」

白天兩人奉晴明之命，大範圍地仔細搜索過，並沒有發現可疑的東西。但是，晴明

和神將們都聽見自己體內響起的警鈴。

六合對抬頭看著他的風音說：

「萬一發生什麼事，公主和彰子小姐就拜託妳了。」

自己是晴明的式神，有必須完成的任務。

風音堅定地點點頭。她也希望六合陪在自己身邊，但是把所有責任都推給六合，自己躲在六合背後，這麼做不符合她的個性。她最希望的是，在必要的時候可以拿起武器，與六合並肩作戰。

她知道六合不喜歡她這麼做，但還是委屈自己，尊重她的意願，讓她覺得很開心。

「公主、公主，妳怎麼了？喂，神將，你在幹什麼！」

啪吵啪吵飛來的嵬一看到六合，就兇狠地齜牙咧嘴起來。

看到六合面無表情的臉上夾雜著為難，風音不禁淡淡地苦笑起來。

⁂

垂水臨時住所對面的樹蔭下，潛伏著好幾個身影。

「他們明天就要越過鈴鹿山頭了，我們必須今晚下手。」

一個像是首領的男子環視所有人，大家都默默地點頭。

臨時住所的燈火一熄滅，他們就要採取行動。

「如果有人反擊呢？」

男子露出陰狠的眼神回答：

「沒關係，阻擋者格殺勿論。」

黑暗中，黑影幢幢，窸窸窣窣作響。

這些男人一身漆黑的衣服，完全融入了黑暗之中。他們彼此使個眼神，就無聲無息地散開了。

9

應該是快接近丑時的時候吧。

在脩子和彰子的隔壁房間休息的風音，感覺到空氣中的動盪。

她跳起來，觀察周遭。

旁邊的六合也現身了。

「被包圍了。」

風音點點頭後站起來，很快地穿上衣服，走向隔壁房間。

「公主、藤花小姐，快醒來。」

她搖晃躺在同一張床上的兩人，但是疲憊的兩個人怎麼樣都叫不醒，她搖了好幾下，兩人才慢慢地張開眼睛。

房間一片漆黑，只聽到風音的聲音。

「快起來，穿上衣服，快！」

「雲居……？」

彰子害怕地縮起了身子。

風音將右手的食指與中指抵在彰子的額頭上。

「驅逐夜晚黑暗，降下光芒之五芒印！」

五芒星很快地被畫上後，原本漆黑的視野，頓時浮現輪廓。就像被微弱的燈火照亮般，黑暗逐漸退去。

「這是……」

脩子在受到驚嚇的彰子身旁縮成一團，風音也對她施加了同樣的法術，然後告訴她們：「這是暗視術。趕快穿好衣服，儘可能輕便些。」

就在脩子和彰子忙著整裝時，包圍臨時住所的詭異氣息步步逼近。

「緊跟著我！」

兩個女孩緊緊相依，點頭說知道。彰子摟著脩子，她要保護比自己小的脩子。

忽然，雨聲消失了。下了那麼久的雨，竟然說停就停了。

彰子感覺到不對勁，倒抽了一口氣。就在這一瞬間，響起劇烈的轟隆聲，整個臨時住所都搖晃起來。

「太陰，快去保護晴明！」
現身的六合大叫。
在臨時住所外待命的太陰，颳起龍捲風代替回應。
雨消失不見，是因為被結界包圍了。
詭異的氣氛逐漸膨脹，覆蓋了整個臨時住所。
出現了好幾個身影以飛也似的速度行動，逐漸縮短了距離。
「六合、太陰！」
穿著狩衣衝出來的晴明靠著暗視術，可以看透黑暗，發現整個住所都被包圍，他驚訝地咂了咂舌。
這時候，磯步守直跑過來了。
「發生什麼事了？那是……」
晴明邊結手印，邊對目瞪口呆的守直說：
「叫大家快逃！快！」
守直卻蒼白著臉，猛搖頭說：
「不，不可以逃……」

「守直大人，你在說什麼?!」

晴明驚訝地回過頭，看到守直正惡狠狠地瞪著攻擊者們。

「果然來了……！」

轟隆巨響不斷。

直覺告訴風音，不能再待在這裡了。

她催促脩子她們說：

「出去外面吧！要是在裡面被攻擊，就無處可逃了。」

脩子和彰子跟著風音走向走廊。

這時候，阿曇出現了。

「阿曇？」

風音停下腳步，阿曇兇狠地說：

「把公主交給我！」

風音警戒地說：

「為什麼？」

臨時住所開始吱嘎作響，劇烈的嘎吱搖晃聲嚇得脩子和彰子都叫不出聲來。

風音用自己的身體擋住脩子和彰子，與阿曇保持距離。

她體內的警鈴大響，不是因為外面那些敵人，而是因為眼前這個女人。

阿曇唰地脫掉了披在身上的外衣。

「不能把公主交給那些人，這是我家主人的命令。」

阿曇的雙眼露出兇光。

風音一陣驚愕。

「妳果然是……！」

瞬間，阿曇的容貌改變了，烏黑的頭髮逐漸褪去顏色，飄揚起伏，身上穿的衣服也不一樣了。

因為行動太不方便，風音脫去了沉重的外衣。

「把公主交出來，妳敢反抗的話，我絕對不會手下留情。」

「阿曇，妳到底是什麼人？」

風音保護著兩人，慢慢往後退。

阿曇面無表情地說：

「我沒有義務告訴妳。」

剎那間，漆黑的身影撞破牆壁，闖進來了。

「目標是公主，快找到她！」

虛空眾派出的嘍囉們同時發出了怒吼聲。這群漆黑的鳥和野獸們如疾風般四處流竄，守衛們被耍得團團轉，一個接一個倒下。

但是，臨時住所前，有無數的阻礙者擋住了它們。

「嗡阿比拉嗚坎夏拉庫坦！」唸誦真言的晴明，結印後放聲怒吼：「南無瑪庫桑曼答、叭吒拉唉、顯達馬卡洛夏達索瓦塔亞溫、塔拉塔坎曼！」

撲上來的嘍囉們全都被彈飛了出去。

舉起手來遮擋強風的虛空眾首領，發現又颳起了強風之外的龍捲風，不禁瞠目結舌。

「什麼?!」

仔細一看，龍捲風的中央有個輪廓模糊不清的東西。

那是……

集中精神觀察了好一會後，他看出那是外型很像人類的異形身影。
「那到底是什麼？」
那種東西怎麼會在內親王身旁？簡直像是……
在首領身旁的男人忽然大叫起來。
「阿曇……?!」
虛空眾的首領倒抽了一口氣，想不透那個女人怎麼會在這裡。
「不可能，怎麼會……」
首領忍不住咒罵出聲，咂了咂舌。
「快走！」
對手下發號施令後，他立刻往前衝。
「快攔住阿曇，她的目標是內親王！」
手下向四處散去。
首領把手伸向嘴巴，吹起口哨。
當口哨聲響起時，在空中飛舞的漆黑烏鴉全都衝向了同一個目標。颳起大風把鳥吹

落的太陰往那個目標望去，想搞清楚是怎麼回事。
臨時住所的一角從內部爆開，在碎片漫天飛揚中，跑出了兩個身影。
「風、風音?!」
瞪大眼睛的太陰，發現彰子和脩子在被爆開大洞的房間裡，緊緊靠在一起。
「小姐！」
聽到太陰來自半空中的聲音，彰子大吃一驚。
視線一轉，就看到了黑夜中的神將。
「太陰！」
彰子正要大叫「我在這裡」時，感覺到一股衝擊，她立刻抱住脩子趴下。
風音築起的防護牆與阿曇放射出來的衝擊波相撞，產生了劇烈的暴風，兩人都被彈飛出去了。
漆黑的野獸們看到有機可乘，立刻成群撲向了彰子和脩子。
彰子發出慘叫聲，抱著閉上眼睛緊緊抓住自己的脩子，強撐著站起來。
得逃離這裡才行。
兩人奮力往臨時住所裡面跑，野獸和鳥群立刻追了上去。

彰子和脩子拚命向前跑，腳卻像打了結般不聽使喚。

「公主、藤花小姐！」

從遠處傳來風音的聲音。臨時住所不是很大，再往前一點，就會被逼到死角。

所以風音才說要出去外面，可是當兩人想起來時，已經被野獸們困住了。

進入無路可退的房間後，彰子試著趕快脫離，但被野獸和鳥群擋住了去路。

她把脩子拉到背後。

「公主，妳在哪裡？」

彰子很想大叫「在這裡」，可是她叫不出聲來，就像有強烈的靈氣漩渦，把她的思緒五花大綁了。

步步逼近的野獸們，將目標鎖定在彰子和脩子身上。

彰子不由得閉上了眼睛。

「唔……！」

救我啊，昌浩——！

＊　＊　＊

在岩石陰暗處打盹的昌浩好像聽到有人在叫他，跳了起來。

「……？」

他們連走了四天，不停地趕路，晚上也沒有好好休息過。

但是，山路寸步難行，無論怎麼走都前進不了多少。兩人走得筋疲力盡，再也走不動了，看到有岩石可以躲雨，他們就在那裡小睡了一下。

在岩石前蜷縮成一團的小怪，站起來仰望著東方天空。

昌浩察覺到它的舉動，也站了起來。

「小怪，怎麼了？」

小怪轉頭看著他。

「……沒、沒什麼。」

憑著直覺，昌浩知道它瞬間的猶豫裡，潛藏著疑慮。

「騙人，沒什麼事的話，你才不會露出那種表情。」

小怪很想咂幾聲，因為這時候的昌浩實在太精明了。

它不得不投降，嘆口氣說：

「我感覺到六合他們的神氣。」

「咦？」

昌浩顯然聽不懂這句話的意思，小怪嚴肅地說：

「有什麼事發生了。」

昌浩的心跳加速。

他正要反射性地往前衝時，腳被泥濘絆住，整個人向前撲倒。

「哇……！」

他及時伸出雙手撐住身體，奮力爬起來。

小怪把淋著雨的昌浩拖到岩石的陰暗處。

「小怪，到底發生了什麼事？」

小怪搖頭說不知道。距離太遠了，沒辦法看到詳細情形，不過同袍的神氣高漲，其中又以六合的最為劇烈，這是戰鬥時特有的狀況。

風將和水將可以跟遠方的同袍通訊，小怪沒有這樣的能力，只能感受到同袍們的神氣。

它顧不得腳已經累到走不動的昌浩，拔腿就要往前走。

「昌浩，等一下。」

被吵醒的昌親叫住了昌浩，看到回過頭來的弟弟眼中有著動盪搖曳的陰影。

「在目前的狀態下採取行動，也成不了什麼事。萬一在雨中耗盡力氣，再也走不動，反而會有生命危險。」

「可是……」

「總之，你先冷靜下來。我們走不了，但是，騰蛇……」

說到這裡，昌親注視著小怪。

出乎意料之外的話讓小怪目瞪口呆。

它看著昌親好一會後，搖搖頭說：

「距離很遠，我怕我趕到時，事情也全部結束了。」

甩一下尾巴後，小怪又委婉地說：

「你們兩個都冷靜一點，仔細想想，跟六合、太陰在一起的人是晴明啊！」

昌親和昌浩同時倒抽了一口氣，小怪沉著地接著說：

「那傢伙老歸老，但身經百戰，我相信他。」

然後，小怪盯著昌浩說：

「昌浩，我要借用你之前說過的話，你說有晴明在，他會盡全力保護所有人，所以彰子不會有事。」

昌浩的心狂跳起來。

小怪又對張口結舌的昌浩說：

「相信他吧，他可是曠世大陰陽師呢！」

心臟撲通撲通跳個不停。

昌浩知道，有安倍晴明在，不管發生什麼事都不必擔心。

可是，他彷彿聽到呼喚自己的聲音，不是透過耳朵，而是透過心。

心狂跳不已。

強烈到可以蓋過心跳聲的雨聲，在腦海裡繚繞回響著。

昌浩低下頭，摀住耳朵。

好吵，聲音不絕於耳，心片刻都不得安寧。

一閉上眼睛，就看到閃電。一入睡，就看到那個光景。

雨聲響徹耳際。只要這聲音不消失，昌浩的心就不得安寧。

＊＊＊

在野獸們撲上來之前，從彰子背後跳出了一個黑影。

「滾！」

張開雙翅的烏鴉大聲怒吼，從翅膀放射出強大的力量。

帶著閃光的通天力量爆開來，瞬間把野獸們炸得粉碎。

嵬飛落在彰子前面，激動地哼一聲說：

「不管你們是誰，都不該欺負這麼小的孩子！」

「嵬！」

脩子走上前抱起嵬。看到她淚眼汪汪的樣子，嵬急得開口說：

「內親王，不用擔心啦！就算再怎麼不服，我還是要告訴妳，十二神將會擊退敵人的。在那之前，我會陪著妳。」

「嗯，我知道了。」

脩子用力點點頭，緊緊地摟住嵬。

「內親王，妳把我抱得這麼緊，萬一出什麼事，我會來不及反擊……」

但脩子還是緊緊抱住烏鴉，沒有放開的意思，因為她正強忍著恐懼。
彰子帶著脩子離開那裡去找風音。
有個聲音響個不停，扎刺著耳朵，像是什麼東西的鳴叫聲。
到底是什麼呢？還有侍女阿曇，外表變成那樣子，看起來好像彰子熟悉的神將。
阿曇到底是誰呢？竟然叫風音把脩子交給她。
到底發生了什麼事？難道不只是去伊勢那麼簡單？
拚命尋找風音的彰子感應到一股強大的靈力，走向了那裡。

黑暗中，攻擊仍在持續著。
「縛！」
晴明放出了神咒，野獸們被綁住，轉眼就煙消雲散了。
這樣的情形一再重複。
敵人沒有現身，只操縱黑漆漆的鳥和野獸攻擊晴明他們。晴明邊擊退怎麼殺也殺不完的鳥和野獸，邊快速地結印築起防護牆，把受傷倒地的人圍起來。
連晴明都累得氣喘吁吁了。

「現在使用離魂術的話……」

有個聲音在心底深處回應他說不可以。萬一在魂魄脫離軀殼的那一瞬間遭到攻擊，恐怕晴明也會來不及反應，三兩下就被擊倒了。

太陰與六合也忙著殲滅野獸，但是若不找出操縱它們的人，再怎麼殲滅也沒用。

晴明屏氣凝神地觀察四周。

雨會停止，是因為這一帶被什麼包圍了。也就是說，他們被關進了巨大的結界裡。要趕快打破僵局，與彰子、脩子會合才行。不管怎麼樣，都要先確保兩人的安全。

「該怎麼做呢？」

晴明調整呼吸，自問自答。

過了一會，心底有了答案——

要突破重圍。

沒什麼道理可言，這就是救過晴明很多次的直覺。

他轉向神將們，嚴厲地下令：

「六合、太陰，全力破除包圍臨時住所的結界！」

兩人沒有回應，只見他們的神氣漲到最高點，很快地爆開來。

那股衝擊，將包圍住附近一帶的結界炸得粉碎。
轟隆一聲，大地震響。
低沉渾厚的震動聲響漸漸被吸入地底深處。
同時，大舉進攻的野獸們也消失了。
「怎麼回事？」
太陰飛落下來，疑惑地望著四周。
雨又開始下了，剛才被彈開的雨滴又毫無阻礙地傾瀉而下了。
晴明鬆口氣，猛地站起來。
「彰子和公主怎麼樣了？」
把受傷的人交給太陰處理後，晴明急忙跟六合趕去脩子那裡。

在另一個地方，風音正與阿曇對峙中。
靈力的相衝撞，不只會傷到她們自己，還會危及脩子和彰子，所以不能使出全力。
無論如何，風音都要守住脩子。
逐漸縮短距離的兩人，發現彰子和脩子從殘破不堪的臨時住所裡跑出來。

「不要過來！」

就在風音大叫的同時，阿曇跳躍起來。晚了半步的風音在千鈞一髮之際，闖入雙方之間，將阿曇擊飛出去。

一個空翻著地的阿曇氣得表情扭曲，還不時地東張西望。

看到她這麼焦躁，風音猜疑地皺起眉頭，不知道她為什麼急成這樣。

風音和阿曇都淋著雨，已經全身濕透了，吸滿水的衣服重重地纏在身上。

風音才踏出一步，就從樹叢裡跳出了無數的黑影。

「什麼……?!」

剛才完全沒發現黑影存在的風音感到一陣驚愕。

這群穿著漆黑衣服的蒙面人手上都拿著武器。本能告訴風音，他們每一個人都擁有強烈的靈力。

「你們是什麼人……」

沒有人回答風音。漆黑的這群人無懈可擊地揮舞著武器威嚇風音，把目標鎖定在呆若木雞的脩子身上。

風音屏氣凝神，瞪著敵人。只有阿曇還好對付，被這麼多人包圍，就很難出手了。

阿曇瞥了黑衣人一眼，被她掃視過的黑衣人敵對似的瞪著她。

風音覺得不太對勁，原以為他們是同夥，看來並不是。

「哪個是內親王？」

黑衣男低聲詢問，風音沒有回答。

這群男人的目標是內親王，卻不認識內親王？但是，阿曇認識。

風音悄悄看了阿曇一眼，發現她正盯著脩子。

忽然，風音覺得蒙面的男人露出了笑容。

「女人，是妳負責保護內親王？」

風音沒有回答，一陣寒顫掠過背脊。

蒙面男人舉起一隻手，其他男人就像接到命令般，同時放出殺氣。

「妳保護的那個就是內親王。」

風音全身起了雞皮疙瘩。靈力漩渦從男人們的手中捲起，化成箭的形狀。

無數把靈箭對著彰子她們射過來。

「公主！」

驚叫的風音伸出手來，好幾把箭插入她背部。

「唔……！」

被彰子抱住的脩子發出抽搐般的尖叫聲：

「風音！」

深色影子滑入眼前，以通天神力彈開了所有飛來的靈箭，抱住了差點倒下的風音。

「公主！」隨後趕到的晴明結印怒吼：「雷灼光華！」

一道閃光穿越烏雲中央。

「急急如律令──！」

轟隆聲大作，從天空射下來的雷電把那群黑衣人都彈飛了出去。

銀白色的光芒照亮了已經適應黑夜的視野，所有人都像眼睛被灼傷般無法行動。

但是，颳起了一陣風，不怕閃光雷電的嘍囉們撲向了彰子和脩子。

就在這時，有人一躍而起。

某個人的慘叫聲被雨聲和雷聲掩蓋了。

彰子覺得摟在懷裡的小小身軀好像被強行拉開，她反射般地想硬拉回來，卻被遠遠彈飛出去，摔落在泥巴裡。

「唔……！」

有人跑向了喘不過氣來的彰子，她張開眼睛，只看見綠色光芒，不知道是誰。冰冷的手指抓住了她的手，被雨淋濕的手指瘦骨嶙峋。

「啊……！」

很快抱起彰子的晴明，立刻追上了被怪物抓到拋出去的脩子。

抓到嬌小女孩的野獸被六合的銀槍一刀砍死。風音把手伸向了脩子。

但是，黑衣男人搶先一步把脩子抱走了。

「公主！」

男人搶到像皮球一樣被丟來丟去的脩子，卻被阿曇擋住了去路。

「滾開！」

從大吼的男人手中搶走脩子的阿曇，背後被無數把靈箭刺中，不只這樣，側腹部還被刀砍傷。

鮮血四濺的阿曇抱著脩子癱坐下來。男人從她手中搶走脩子，發出低沉的笑聲。

「妳就死在這裡吧！阿曇。」

男人舉起明晃晃的大刀，正要揮下去時，颳起一陣疾風。

10

揮下來的刀刃眼看著就要砍斷了阿曇的脖子，卻颳來一陣風，帶走了她。
男人們殺氣騰騰地搜尋帶走阿曇的人。
雨中，一個男人站在殘破的臨時住所上，懷裡抱著阿曇，斜瞪著這群男人。
首領挑起眉毛，低聲咒罵：「益荒……！」
受傷的阿曇微微張開眼睛，懊惱地咬住下唇。
「益……荒……把內親王……」
益荒看著被黑衣人首領抓走的脩子，露出兇惡的眼神。
被那犀利的眼神射穿，首領倒抽了一口氣，但很快就吃吃笑起來。
「你來做什麼？益荒，我們會把內親王帶去神宮，輪不到你出場。」
這時候，從脩子的胸口傳來低沉的怒罵聲。
「你們要把她帶去哪裡?!」
被閉著眼睛、全身僵硬的脩子緊緊抱在懷裡的烏鴉，好不容易爬出來，張大了嘴。

「放開她，你這個邪魔歪道！」

首領被通天力量彈飛了出去。

反彈的力道差點把脩子推倒，多虧風音奮力抱住了她。看到熟悉的臂膀，脩子的身體才劇烈地顫抖起來。

風音大大鬆了一口氣。

「幹得好，嵬！」

被風音褒獎，嵬得意地挺起了胸膛。

益荒抱著微微呻吟的阿曇，轉身離去。

「我會再來迎接內親王，在那之前，別讓她落入虛空眾之手！」

益荒撂下這句話，就抱著阿曇瞬間消失了。

被稱為「虛空眾」的那幫人，也趁晴明等人把注意力轉移到益荒身上時，離開了現場。

雨聲不斷響著。

所有人都灰頭土臉。

全身沾滿泥巴的彰子和晴明，帶著脩子進入沒被摧毀的臨時住所房間內。

將又濕又冷的脩子和彰子交給風音後，晴明立刻趕去找守直。
太陰一面負責看守著保護傷患的結界，一面焦慮地環視著周遭。
看到晴明回來，太陰立刻急匆匆地走向他。
「那些傢伙呢？」
晴明默默地搖了搖頭，太陰猛抓著頭說：
「啊，真是的！如果不是人類，我就把他們打得落花流水了！」
如果沒有十二神將必須遵守的天條，太陰早就那麼做了。
晴明安慰似的敲敲她的頭，解除了結界。在太陰與六合的協助下，把不能走動的傷患抬進臨時住所後，晴明才鬆了一口氣，癱坐下來。

離開垂水的臨時住所後，益荒一路往西前進。
被他抱在懷裡的阿曇訝異地問：
「你要去哪裡……」
因為注入了通天力量，側腹部的傷口已經不再出血了，但還要很長一段時間才能復元。

益荒停下腳步，把阿曇放下來，扶著搖搖欲墜的她，回答她說：

「我必須去接被黑暗囚困的某個人。」

阿曇不解地皺起眉頭。

「什麼？」

「主人說，如果放著他不管，就會成為粉碎地御柱的力量。」

阿曇的表情變得緊繃。

益荒問她能不能自己走，她默默地點了點頭。

益荒望著黑暗的彼端說：

「快走吧！」

✱ ✱ ✱

天一亮，昌浩一行人就上路了。

睡是睡了，卻沒能消除疲勞，腳像鉛般沉重。

靠著一股毅力行走的昌浩，在雨聲中感覺到地的震動，眨了眨眼睛。

「怎麼回事？」

好像有什麼東西要從地底竄出來。

昌親與小怪發現昌浩停下腳步，接著也感覺到腳底下的震動。

「是地鳴……」

昌親眉頭深鎖，想起前幾天京城頻頻發生的地震，背脊起了一陣寒意。

小怪感覺到震盪的波動，有東西在地底下蠢蠢欲動。

「龍脈……暴動了……」

波動十分強烈，不是土將也感覺得出來。

昌浩抱起小怪，望著東方說：

「我有不祥的預感，快走吧！」

大家繼續趕路。走了好一會，把小怪放在肩上的昌浩才開口說：

「昨晚六合他們的神氣，後來怎麼樣了？」

小怪甩甩耳朵說：

「沒多久就平息了，後來也沒有任何感覺，應該是沒事了。」

同袍萬一發生什麼事，小怪會有感覺。昨晚什麼感覺都沒有，可見同袍應該都平安無事。

既然神將沒事，晴明就不會有事，因為神將不可能不保護晴明。

「這樣啊……」

昌浩放下心來。雖然沒辦法都不擔心，但是可以相信，晴明沒事，彰子也一定不會有事——儘管不能完全相信。

最好能盡早趕到。

昌浩心急如焚。

相隔兩地，讓昌浩感到不安，他迫切地想見到彰子，確認她的安危。但是，同時他也問自己：

見到她又能怎麼樣？

自己還在原地兜圈子，繞不出去。雨聲響個不停。那天的雷電，還撕扯著胸口。兇刀在雷光下閃爍、軀體緩緩倒下的畫面，深深烙印在他腦海裡。

要拋開這一切，自己必須變強。

昌浩握緊了拳頭。

心臟撲通撲通狂跳著。

看到昌浩背後升起灰白色火焰，小怪抖動了一下肩膀。

昌親也注意到弟弟的浮躁，不時關心地看著他。

懊惱的小怪動了動眼睛。

有股視線。

昌浩發現小怪全身白毛豎立、眼觀四方，皺起眉頭叫它。

「小怪？」

夕陽色眼眸閃過厲光。

半晌後，小怪瞪大眼睛，發出低吼聲。

進入備戰狀態的小怪，全身鬥氣像蒸騰的熱氣般裊裊搖曳。

昌浩循著小怪的視線望過去，看到兩個佇立的身影。

他屏息大叫：

「那是……！」

一個是在寢宮見到的白髮女人，另一個是修長的年輕人。第一次見到的年輕人個子很高。因為距離太遠，看不清楚，但是可能跟紅蓮差不多高。

昌浩瞥了小怪一眼，看出它正在調整呼吸，準備隨時迎敵。

而昌親正集中精神，仔細觀察突然出現的不明人物。從昌浩和昌親的反應，可以知道來者不善。

但是，昌浩實在看不出對方的敵意，有點猶豫。

雙方就這樣互瞪了好一會。

四周只聽見雨聲。

昌浩煩躁地瞇起了眼睛。雨聲好吵，在心底喧嚷，擾得胸口波濤澎湃。

心怦怦狂跳，灰白色的火焰在眼底搖曳。

不知道這樣過了多久。

白髮女人先點燃了導火線。

「我們主人說得果然沒錯。」

直視著昌浩的女人，臉上浮現嚴厲的神色。

「這樣下去，你會成為粉碎地御柱的幫兇。」

昌浩覺得脖子一帶一陣寒慄，心想「地御柱」到底是什麼？

第一次聽到這個名詞，他完全摸不著頭緒，體內卻產生了某種反應。當他回過神來時，已經全身起雞皮疙瘩，脈搏在胸口深處躍動著。

女人看一眼身旁的年輕人說：

「益荒，玉依公主召喚的人，只有那孩子嗎？」

益荒點頭說是，接著忽然注意到昌浩肩上的白色異形。

「齋小姐也很在意那隻異形。」

女人微微瞪大眼睛說：

「那麼，也把它帶回去吧？」

女人向前一步。

昌浩和小怪都採取了備戰姿態。

但是，被稱為益荒的年輕人舉起一隻手，攔住了女人。

「孩子，你叫什麼名字？」

冷不防被問到名字，昌浩來不及多想就回答了。

「安倍昌浩。」

益荒從容地點點頭說：

「那麼，安倍昌浩，我們主人和玉依公主在召喚你，跟我們走吧！」

「什麼……？」

昌浩不由得反問。小怪破口大罵：

「笨蛋，幹嘛老實回答他！」

說得很有道理，昌浩沒辦法反駁。接著，女人的聲音貫入耳中。

「現在不是說那種話的時候吧？」

「阿曇，不要說了。」

被稱為「阿曇」的女人推開益荒攔住自己的手。

「我和那孩子在寢宮已經交過手，他不會乖乖跟我們走的。」

益荒嘆口氣，看著昌浩與小怪。

那雙眼睛出奇地沉著，感覺不到絲毫戰鬥的意念。

但是，他們是敵人。

昌浩的眼睛充滿警戒，灰白色火焰在靈魂深處搖曳著。

益荒和阿曇緊張起來。

「有狂亂之氣……」

阿曇低聲嘟囔。昌浩屏住了氣息，不懂她在說什麼。

看到昌浩困惑的樣子，益荒又對他說了一次：

「我們主人和玉依公主在召喚你，跟我們走吧……在你還沒有被黑暗囚禁、沉淪之前。」

心臟怦怦狂跳。

又聽到了同樣的話；那是在耳邊縈繞回響，像咒縛般的言靈。

——可別沉淪了，安倍昌浩。

沉淪就會變成魔鬼。

所謂變成魔鬼，就是指被黑暗囚禁、吞噬。

心撲通撲通狂跳。

那麼，被黑暗囚禁、吞噬，又代表著什麼？

大腦裡有個聲音，是攔阻自己的言靈。而抹消言靈的聲響，是那天的雨聲。

從那天起，就一直聽到雨聲，不曾間斷過。那聲音擾亂了他的心，奪走了他的平靜。

昌浩的視線飄忽不定，凝結的眼眸沒有看著任何地方。

呼吸變得特別急促，像抽搐般反反覆覆。氣喘吁吁的昌浩按著胸口，臉部表情扭曲。

「昌浩?!」

昌親大驚失色。被他從肩膀甩下來的小怪濺起水花著地。

這時，阿曇轉眼間縮短距離，伸手往昌浩的脖子劈下。

「唔……」

昌浩癱軟地倒下來，阿曇輕而易舉地接住他，跳躍起來。

所有事都發生在一瞬間。

阿曇回到傻眼的益荒身旁，將昌浩塞給了他。益荒嘆口氣，把昌浩扛在肩上。

「昌浩！」

小怪的白色身體被鮮紅的鬥氣包圍，升起灼熱的波動，變成高大的身軀。

「把昌浩還給我。」

益荒驚訝地看著低聲怒吼的紅蓮。

「原來如此……」

原來齋所說的，就是這麼回事。

阿曇已經看過一次了，所以沒什麼反應。

紅蓮的手召來灼熱的火蛇。

扛著昌浩的益荒，眼神變得冷酷。緩緩升起的波動纏繞他全身，轉瞬間凍結了。

眼前一片迷濛，感覺氣溫急遽下降，昌親屏住了呼吸。

冰的結晶環繞益荒跳躍著，雙手環抱胸前站在旁邊的阿曇，全身也釋放出了水的波動。

紅蓮的雙眸閃過厲光。對方使用的是水的波動，與他的屬性不合。

他覺得相當懊惱。包括出雲的八岐大蛇在內，最近碰到的敵人都跟他相剋，難道是誰在惡整他嗎？

忽然，握起左手拳頭的紅蓮摸到奇怪的東西。他張大眼睛，發現摸到的是插在腰間的武器。

這是土將勾陣的武器。

紅蓮把手放在筆架叉上。

看到他的動作，益荒開口說：

「我現在不打算跟你交戰，因為我要盡快趕回去。」

「既然這樣，就把昌浩留下來。」

紅蓮的鬥氣愈來愈強烈。不小心碰觸到的昌親臉色發白，搖晃了一下。

益荒與紅蓮的視線交錯，迸出了火花。眼看著戰爭一觸即發，益荒還是很有耐性地重複了一次。

「你沒有聽清楚我剛才說的話嗎？這孩子就快被黑暗吞噬了，一旦被吞噬，就會失去人類的心，你要看著他變成那樣嗎？」

紅蓮挑動了一下眉毛。

「你指的是昌浩的危機？」

益荒淡淡地回說：「如果那是你們的說法，就當作是那樣吧！時間不多了，玉依公主在召喚他，要我們在他墜入黑暗前把他帶回去。」

阿曇雙手環抱胸前，冷冷地插嘴說：

「齋小姐對你也很有興趣，你可以一起來。」

紅蓮猶豫不決。他大可靠武力奪回昌浩，但是，又覺得不能把他們說的話當耳邊風。

他們說昌浩的心就快被黑暗吞噬了，這是紅蓮也察覺到的事。

危機正在擴大中，天狐的火焰就快把昌浩包圍了。追求變強的心，很容易往可以取得強悍的方向傾斜。

很多人在傾斜後，就那樣沉淪了。被吞噬後，要再爬起來就難上加難，恐怕沒有幾個人做得到。

如冥官所說，沉淪後就爬不起來了。

益荒與紅蓮之間火花四濺。

打破了這恐怖對峙的，是一直保持沉默的人類，他說：

「騰蛇，走吧！」

紅蓮的眼睛瞪得斗大，看著臉色發白的昌親。

「昌親，你在說什麼……！」

益荒和阿曇都將視線轉向昌親。

人類青年在非人類的注視下，看著失去意識的弟弟。

「他們沒有撒謊，既然昌浩面臨墜入黑暗的危險，我們就必須阻止。」

昌親微微一笑，又接著說：

「騰蛇，再怎麼樣我也算是個陰陽師，可不可以請你相信我的直覺？」

自己就算稱不上是「晴明的孫子」，畢竟也是天文博士安倍吉昌的兒子。

陰陽師的直覺，自然會作正確的選擇。老實說，到底發生了什麼事，昌親也不是非

常清楚。

他只知道弟弟的心面臨危機，希望能夠為他做些什麼。

雖然益荒與阿曇來歷不明，但是他們口中的玉依公主，聽起來一點都不像是不好的言靈。

在昌親眼裡，神將騰蛇是可怕的存在。從他懂事以來，只要感覺到騰蛇的神氣，就會不由得縮成一團。長大以後，雖然不像小時候那麼害怕，但還是很怕他釋放出來的鬥氣。

昌浩可以直爽地面對騰蛇，這是其他任何人都做不到的事。昌浩的心充滿光亮，所以可以照亮別人看不見的東西，把那樣東西撈出來。

這樣的弟弟，就快被黑暗吞噬了，非救他不可。昌親的直覺告訴自己，所以要相信他們說的話。

即使要違抗皇上命令他們去伊勢找晴明的聖旨，現在也應該照著自己的直覺去做。

昌親向前跨出一步。

「走吧！先相信他們。」

不為別人，都是為了昌浩。

紅蓮咂咂舌，縮回放在筆架叉上的手，變回了小怪的模樣。

阿曇冷冷地看著兩人，一語不發地吁了口氣。

益荒催促阿曇說：

「走吧！」

水捲起了漩渦。

益荒、阿曇、昌親和小怪，都被水的漩渦吞沒了。

* * *

玉依公主一直在祭殿大廳祈禱著。

地底不停地發出鳴響聲。

為了儘可能鎮壓這樣的鳴響，玉依公主片刻不停地祈禱著。

玉依公主是女巫，負責聆聽神的聲音、將人類的聲音傳達給神。

這個國家的柱石就快崩潰了，大地的鳴響不過是崩潰的序曲。

現在還來得及，公主還有僅存的力量。

然而，遲早也會用盡。

齋望著玉依公主的背影。

這五年來，玉依公主的靈力就快消耗光了。從那時候開始，大地的脈動就一點一點變得凌亂了。

儘管如此，陽光還是每天照耀大地，所以勉強鎮住了。

會失去均衡，是因為厚厚的雲層遮蔽了陽光。

雨下個不停，恐怕會下到這個國家崩潰瓦解為止。

只要玉依公主還是玉依公主，就改變不了這個國家逐漸走向滅亡的未來。

「我的公主啊……」

齋低聲呼喚，但背影沒有反應，因為祈禱中的玉依公主聽不見齋的聲音。

早在五年以前，玉依公主就聽不見齋的聲音了。

女孩看著自己的手。好小的一雙手，沒有任何力量。「物忌」只是虛名，她的生命本身就是罪孽。沒有資格聆聽神的聲音或負責祭神的儀式。

但是，如果沒有其他人，齋就得扛起這個任務。

大地震動鳴響。

齋閉上眼睛祈禱。

「神啊……」

我的主人、我的神啊！把這條帶著罪孽的生命送到世上的神啊！

請賜給我聆聽祢的聲音的能力。玉依公主可能就快無法承擔這樣的使命了。

但是，神啊！如果後繼無人，再也沒有人能傾聽祢的聲音，這個國家就只有滅亡一途了。

打從出生前，我就知道這條生命是罪孽。

既然如此，再多加一條罪狀，負擔也不會更沉重。

如果背負罪狀，可以拯救玉依公主，那麼，不管是千條罪狀或上萬個過錯，我都願意承擔。

耳邊只有波浪聲、雨聲，和來自地底下的毀滅聲。

神啊，我的神啊！一次就好，一次就夠了。

請回應我的心聲，請賜給我力量。

「求求祢，神啊——天御中主神啊！」

那是所有生活在日本的人們早已遺忘，遠遠拋在九霄雲外的神名。

卻也是支撐這個國家、支撐人心，經常陪伴人類，賜予光亮的神名。

「天御中主神啊！為了守護地御柱，我要背叛祢一次。」

波浪聲和雨聲交錯重疊。

應該聽著女孩聲音的玉依公主，還是文風不動。

✖ ✖ ✖

11

雨聲不斷。

即使閉上眼睛、摀住耳朵，那聲音還是會追他追到天涯海角，把他完全淹沒。

雨聲、雷聲，還有在耳際響個不停的心跳聲。

波浪在心底翻滾，轟隆作響，即將吞噬一切。

好吵、好吵。

有聲音，是可怕的言靈。

說他將會墜落。墜落在哪裡？墜落在黑暗中。

如何墜落？會被波浪捲走，被聲音抹煞。

深深刻在心底的傷口已經化膿、流血。疼痛像樹根般延伸，就快覆蓋一切了。

有人在吶喊，發出慘叫聲。

那是誰——？

雨聲響著。還有其他聲音，跟雨聲交錯重疊。

嘩啦，嘩啦。

嘩啦，嘩啦。

他認得這個聲音。雖然有點差異，但他聽過非常類似的聲音。

嘩啦，嘩啦。

嘩啦，嘩啦。

啊，那是……

那天的夕陽的記憶。

「……」

昌浩朦朧地張開雙眼，思索著。

那是某天的記憶：燃燒的天空；被染成鮮紅色的天空的記憶。

留下的創傷，痛得讓人不知如何是好。

不管如何忍耐，疼痛都不會消失，像是一點一點慢慢地化膿般，一直一直折磨著人。

既不能逃離，也不能遺忘，只能一味地承受。

那時候，他也一直想著非變得更強不可。

希望可以忍受疼痛，可以扛得起一切，然後重新來過，挽回所有失去的事物。

他要變得堅強、變得強悍。

無時無刻，他所追求的就只有這些。

可是，這麼做是為了什麼？抱著疼痛不放，真的對嗎？

自己所追求的強到底是為了誰？是為了自己嗎？還是……

「那是你的懦弱……」

突如其來的聲音迴旋繚繞著。

一直以來都有點灰濛濛的思緒，瞬間有了清晰的色彩。

昌浩爬起來，覺得脖子後面有悶痛感，就按住那裡，皺起了眉頭。

「痛……」

低聲呻吟的昌浩發現有人站在他身邊，抬起頭看。

是個十歲左右的女孩。

長相清秀的女孩沉著地盯著昌浩。

昌浩詫異地問：

「妳是誰？」

這時候，他才感覺到風徐徐吹著，夾帶著海的濕氣。

篝火的火焰發出嗶嗶剝剝的爆裂聲，橙色的火光照亮了四周。

昌浩恍然大悟，是火焰的顏色喚醒了那時候的景象。

心總是有疼痛、總是有創傷，自己都一一克服了。

然而——

「……」

昌浩下意識地按住胸口一帶。

好痛、好痛，一天比一天痛。像是治不好的傷口，變成悶痛，不時隱隱作疼，永遠不會消失。

疼到必須有意識地呼吸。

「你那裡……」女孩伸出手指，指向昌浩的左胸。「有著會讓心崩潰的創傷，你已經無法獨自承受。」

昌浩的眼眸凝結了。

喉嚨乾渴灼熱，很想說些什麼，卻發不出聲音。

他蠕動嘴唇，拚命想擠出話來。

「妳說……什麼……」

這時候，眼角餘光掃到白色物體。

反射性轉過頭看的昌浩，這才發現身穿白色女巫服的女人站在他身旁。

女人的年紀看起來跟風音差不多。

昌浩赫然瞥了女孩一眼，總覺得兩人相貌神似，可能是年紀相差很多的姊妹。想到自己跟哥哥們之間的年齡差距，他就覺得相差十多歲並不稀奇。

「對了，哥哥和小怪呢……？」

昌浩東張西望，尋找應該跟他在一起的兩人。

這時，他才注意到自己在一個陌生的地方。

心跳加速。

「我哥哥他們呢？」

風不停地吹著。這風含有海水的濕氣，特殊的氣味就這樣包覆著全身。

在燃燒的篝火與木柵結界前，有物體聳立著。

昌浩定睛一看，茫然地嘟囔著：

「……鳥居……？」

是巨大的鳥居矗立在黑暗中，而且形狀跟昌浩常識裡的神社鳥居不一樣。

有三根柱子，是形狀怪異的巨大鳥居。

嘩啦，嘩啦。

嘩啦，嘩啦。

傳來波浪的聲音。豎起耳朵仔細聽，也可以聽到雨聲。

昌浩不由得往後退。

「這是哪裡……」

篝火照不到的地方一片漆黑。說話都有回音，可見這裡的空間比自己想像中大很多。

心臟狂跳起來，大腦陷入混亂，整理不出頭緒。

快想起來啊！先前自己在做什麼？

應該是在前往伊勢的深山裡，跟二哥昌親和小怪在一起。天一亮，三人就出發趕路了。

「對了，就在那時候，遇到那個白髮女人……」

自稱是阿曇和益荒的人擋住了他們的去路，然後對昌浩說：

我們主人和玉依公主在召喚你，跟我們走吧！

昌浩看看女巫和女孩，茫然地低喃：

「玉依……公主？」

女孩搖搖頭說：

「我不是玉依公主，她才是公主。」

女孩的視線指向女巫。

玉依公主沉靜地俯視著昌浩。

沒多久，她蹲下來，把手伸向昌浩。
白皙的手指碰觸到臉頰時，昌浩下意識地縮起了身體。
撫摸昌浩的臉龐好一會後，玉依公主才緩緩開口說：
「好可憐……」
昌浩的眼皮微微顫動。
他不理解這句話的意思。
然而，不知道為什麼，真的不知道為什麼。
「……」
視野突然變得模糊。
昌浩無言地回看玉依公主，淚珠從眨都忘了眨的眼睛滴落下來。
心怦怦跳著。
連續不斷的雨聲，像洶湧的波濤在耳底轟隆作響。
與心跳聲重疊，深深刨入心底的聲響，在耳際繚繞不去。
胸口深處浮現撲通撲通的脈動，灰白色火焰在眼底搖曳。
玉依公主輕輕摟住全身僵硬的昌浩。

昌浩動彈不得。
他不知道自己為什麼在這裡？這個玉依公主是什麼人？那個女孩又是誰？
不時傳來的波浪聲、矗立在黑暗中的鳥居，究竟是……？
要思考的事太多了，頭腦卻轉不過來。心也凍結了，沒辦法行動。
一心只想變強，拚命掙扎、再掙扎，把自己逼到了絕境，連自己的心變成怎麼樣都不知道。
玉伊公主的聲音，震盪著耳膜。
「這樣下去，你會崩潰。」
淚如雨下。
閉上眼睛，就會看到那天的光景——雨、雷電，還有……
「現在，你好好睡吧……」
沉靜的言靈沁入了心底深處。
「……」
昌浩的眼皮無力地闔上了。
玉依公主扶著失去意識的昌浩，讓他平躺下來。

淚水從緊閉的眼睛滑落下來，玉依公主用白皙的手指幫他抹去。
齋默默地注視著他們。

❖ ❖ ❖

不管過了多久，心都得不到安寧。
因為聽得見雨聲。
那天的雨，把心的傷口挖得好深好深。

嘩啦，嘩啦。
嘩啦，嘩啦。

波浪聲響起。
雨聲、心跳聲，都被波浪吞噬，逐漸消失在遠方。
於是……

包覆一切的靜寂，在心底飄落、堆積。

後記

ＳＯＳ！ＳＯＳ！

呃……《少年陰陽師》好像不太適合用英文。

鄭重更改——是「危機」。

好久不見了，各位近來如何？我是結城光流。

獻上少年陰陽師《寂靜之瞬》，玉依篇第三彈。

如上一集預告，因為期限過短，這次暫停例行的人氣排行榜。

昌浩會再次勇奪第一名的寶座嗎？還是紅蓮會保持下去？或是小怪會重回睽違已久的第一名？或者，會有其他人物大爆冷門，成為黑馬？齋和益荒也動起來了，他們兩人也值得注意。下一集會出現怎麼樣的變動呢？我真的很期待。

來談談開頭提到的「危機」。

就整體來看，這個不知道哪裡出了問題的工作進度，就是危機。但是，遠比這件事更嚴重的危機就在眼前。

我工作用的桌上型電腦，就面臨了危機。

再怎麼說，這都不是可以開玩笑的事。那麼，危機有多嚴重呢？就是我在寫稿時，部分畫面會無法輸入，而且每打一個字，就會從游標所在的地方跳到其他地方，必須先結束程式，再重新開啟，才能復原。還會發出奇怪的聲音，硬碟也跑得不太對勁。

不久前就出現了一些徵兆，我東調調西調調，心想應該還可以撐一段時間。才買不到四年呢……結果不行。

為什麼？為什麼這種機器，總是在沒有人可以幫忙的三更半夜出問題呢……！

我每天、每天都有做備份，以防這麼一天的到來。可是，為什麼偏偏在我寫這本書寫得正高潮，也就是最緊張刺激的時候，發生了這麼嚴重的問題呢？嚴重到可以寫在後記裡。

因為擔心隨時都可能出什麼事，所以我只要稍有進展，就把原稿資料Email給H部。心想先寫到一個段落再說，寫著寫著，部分畫面就無法輸入了，由不得我再拖拖拉拉了。萬一寫得正順時，電腦來個大暴動，這一集就完蛋了。如果連資料都不見了，我就真的要上演畫家孟克的畫作「吶喊」了。

唉！八年來的作家生涯，還是第一次寫得這麼緊張。

處在這種狀況下，情緒很high，所以E-mail的主旨和內容都很好笑。

結果，跟著我起鬨的H部，回信內容也很好笑。

「主旨：○○的回合！」⑥『主旨：這回合換ＸＸ了，對嗎？』「主旨：■■的回合，抽卡牌！內容：把※※與◎◎的卡牌蓋掉，本回合結束！」『主旨：要抽卡了嗎？很想知道■■怎麼樣了。』「主旨：這回合輪到☆☆！內容：△△的直接攻擊！■■的生命值變成了零！」（記號部分是少陰出場人物的名字。）

兩人都不太知道怎麼對戰，所以演變成很好笑的對話。但是，在那種可怕的緊張狀態下，這樣的氣氛就某方面來說是必要的。

不過，我有點怕這樣的應對會有失誤，所以等有空時，我想還是稍微查一下怎麼對戰吧！然後下次再使用正確的用語。

我是有備用的筆記型電腦，可是會對肩膀和腰造成很大的負擔，所以不適合用來寫小說。後來寫到某個段落時，我立刻買了新的桌上型電腦。以前的外框都是黑色的，這次買了白色。我家的電腦名叫「MOKKUN」（小怪），跟白色太配了。

硬碟的容量大了一倍，記憶體也有4GB，不管發生什麼事都不用怕了。

從今天起，這台銀白色框體的「MOKKUN MARKⅡ」，就是我的工作夥伴了，一切拜託啦！規格太高，對我來說好像有點浪費……聽說動畫處理或網路遊戲的速度也超快呢！不過，我不太懂這些。

問題是，能不能順利把檔案統統轉過來。懷抱的心情是「開始與MOKKUN對戰！」，唯獨這次的對戰絕對不能輸！

現在的結城忙得快喘不過氣來了。

除了小說、《The Beans》雜誌，偶爾還要寫孫電台CD的附贈小冊子，一樣忙得喘不過氣來。

不過，喘不過氣來的原因，其實不只這些。

想知道結城為什麼快喘不過氣來的人，請看八月九日發行的《Beans A Vol.15》。

雖然忙得亂七八糟，快喘不過氣來了，但忙得很開心，興奮得不得了。

希望讀者們也可以跟我一起開心、興奮。

篇幅差不多用完了。

「玉依篇」怎麼看都很沉重。在決定寫心靈創傷的那一刻，我就有這樣的覺悟了，只是沒想到自己會這麼耗精神（苦笑）。

說不定，會成為《少年陰陽師》這部長篇小說中，最沉重、最痛苦的嚴肅部分。

心浮氣躁、難過、疲憊、痛苦，是人活在這世上，成長時都必須跨越的關卡。反過來說，跨不過這些關卡，就不能成長，說不定要逃避一輩子。

解決不了痛苦，就不會有結果。不過，下一集好像還是很痛苦哦……

我會儘可能不要寫得太痛苦，並期待著與大家在下一集再會。

結城光流

小怪的陰陽講座

⑥這是模擬動畫「遊戲王」卡牌對戰的場景。

2011年
5月出版

在結局揭曉之前，必須拚盡一切，奮力一搏！

眼看最愛的爺爺和彰子為了陪伴脩子公主，出發前往遙遠的伊勢，昌浩實在無法獨自枯守京城，於是也隨後趕去，半路上遇到益荒，把他帶去玉依公主面前。此時，晴明他們再度遭遇襲擊，脩子差點被擄走！幸虧昌浩及時出現，擊退了敵人，然而，當昌浩看著彰子時，卻變得好像不認識她……

貳拾貳 無懼之心

神秘敵人作祟？鴨川即將潰堤！
平安京面臨全城淹沒空前危機！

因為太過珍惜，反而太怕失去；
因為渴望無與倫比的堅強，反而變得脆弱。
想要成為真正的勇者，
你得先明白自己畏懼的到底是什麼！

回到平安京，感覺像是回到了一切的原點，但是安倍昌浩卻總覺得心頭沉甸甸的，好像有什麼地方不一樣了。
難道是因為這陣子京城每天都陰雨不斷的緣故嗎？說來真的很奇怪，竟然連一向神通廣大的高龗神都只說會「努力嘗試」來阻止這場雨，莫非連掌管雨水的祂對此都無能為力？而皇宮上方那片佈滿了奇異漩渦的扭曲天空，又與下個不停的雨有什麼關係？
為了一探究竟，昌浩和小怪再次大膽地闖進皇宮，卻在供奉神器「八咫鏡」的宮殿裡，遇到了一個來歷不明的白髮女人，她既非妖也非神，不但裝扮與十二神將很像，更可以利用雨水展開攻擊！昌浩不禁想起高龗神說過的：「最好早點集合……人手愈多愈好！」深不可測的強大對手、令人憂心的神秘異象，而這一切，似乎都是針對著皇宮而來……

貳拾叁 憂愁之波

天崩～地裂～金龍現身！
這是上天的預兆？還是人為的警告？

憂愁令人不安，甚至喪失理智，
這是最大的難關，卻也是最重要的試煉！

連續下了一個多月的大雨，不但遮蔽了陽光，更讓流貫平安京的鴨川多次潰堤，而且一回比一回更嚴重。此時，突然一陣天搖地動，發生了百年來罕見的大地震！駐守堤岸的官員在驚嚇之餘，看見自滾滾急流中，竟然躍出了一條金色巨龍！
又是暴雨，又是地震，人們不禁偷偷猜測是不是皇上做了什麼事，惹得神明不高興了？卻不知道，皇上正為了從遙遠的伊勢傳來的神詔而憂心不已。神說，為了使陽光重回大地，必須讓年幼的脩子公主遠赴伊勢。天意不可違抗，但是眼看愛女這一去，也許再也無法回來，幾經思考之後，皇上決定要晴明帶著家裡那位「遠親的女兒」，陪公主一起去伊勢，而那位「遠親的女兒」，就是彰子！
彰子要去伊勢？不行，和彰子的「螢火蟲之約」都還沒實現呢！昌浩絕不要再跟彰子分開！他下定決心，為了阻止大雨、終止地震，為了守護自己心愛的人，就算要斬斷龍脈，他也在所不惜！

4月
即將出版
篁破幻草子 壹
仇野之魂
是誰這麼厲害？不只妖魔鬼怪，
連安倍晴明和十二神將都怕他！
《少年陰陽師》結城光流出道名作！
腰佩神刀「狹霧丸」、手拿魔弓「破軍」，
雙面冥官小野篁傳奇登場！

所謂深仇大恨，
將讓死者不得平息，生者驚擾不安。
若能早些放下怨念，
一切是不是就會不一樣？……

這裡是平安京，不過，卻一點也不寧靜，不但常有妖怪作亂，最近還有一個令人聽了發抖的傳聞：據說每到晚上，就有一名妖豔女子四處出沒襲擊年輕貴族，還有一群餓鬼跟在她後頭，專門吸食人類的精氣。要不是有個全身漆黑的「鬼」適時現身，受害者都會沒命了！只是，沒有人知道那個「鬼」是誰。

雖然同樣在平安京，然而，大陰陽師安倍晴明要到兩百年後才會出現，眼前人們只能靠自己。為了保護京城，官拜少將的橘融也加入了夜巡的行列。這天晚上，當他帶著手下進行巡邏時，突然遇見了那個妖女，她似乎是在尋找什麼人，發現融不是目標，她便消失了，緊接著，一群餓鬼出現在融的四周！

想叫卻叫不出聲、想逃又逃不了，融以為自己死定了，就在這時，傳說中的「鬼」真的出現了，並且一舉消滅掉所有餓鬼！而融在恍惚之間，終於看清了「鬼」的真面目——眼前這個眼神凌厲、手拿寶刀的「鬼」，竟然就是從小和融一起長大、那個笑容迷死人的麻吉小野篁！原本做什麼都在一起的篁，竟然有事瞞著自己！這怎麼可以？融決定，無論如何都要把篁的秘密身分給掀出來……

國家圖書館出版品預行編目資料

少年陰陽師.貳拾肆.寂靜之瞬 / 結城光流著；涂愫芸譯. -- 初版. -- 臺北市：皇冠, 2011.03
面;公分. --(皇冠叢書；第4092種　少年陰陽師；24)
譯自：少年陰陽師　刹那の静寂に横たわれ
ISBN 978-957-33-2763-9(平裝)

861.57　　99026950

皇冠叢書第4092種

少年陰陽師 24

少年陰陽師——

寂靜之瞬

少年陰陽師
刹那の静寂に横たわれ

Shounen Onmyouji ㉔ Setsuna no Shijima ni Yokotaware

• 皇冠讀樂網：www.crown.com.tw
• 皇冠Facebook：www.facebook.com/crownbook
• 皇冠Plurk：www.plurk.com/crownbook
• 小王子的編輯夢：crownbook.pixnet.net/blog
• **少年陰陽師中文官方網站：**
www.crown.com.tw/shounenonmyouji

作　　者—結城光流
譯　　者—涂愫芸
發 行 人—平雲
出版發行—皇冠文化出版有限公司
台北市敦化北路120巷50號
電話◎02-27168888
郵撥帳號◎15261516號
皇冠出版社(香港)有限公司
香港上環文咸東街50號寶恒商業中心
23樓2301-3室
電話◎2529-1778　傳真◎2527-0904
出版統籌—盧春旭
責任編輯—丁慧瑋
版權負責—莊靜君
日文編輯—蔡君平
美術設計—黃惠蘋
行銷企劃—李嘉琪
印　　務—江宥廷
校　　對—邱薇靜・陳秀雲・丁慧瑋
著作完成日期—2008年
初版一刷日期—2011年3月

法律顧問—王惠光律師

讀者服務傳真專線◎02-27150507
電腦編號◎501024
ISBN◎978-957-33-2763-9
Printed in Taiwan
本書特價◎新台幣199元/港幣67元